成长之路

⊙周淑屏　著

是思考的 时候了

上海古籍出版社

我们每天在电视里看到这么多节目、资讯，在报章上看到这么多讯息——一大串股票号码、马匹号码、楼盘广告，这里面，其实哪些才是真正对我们重要的讯息？哪些才是真正对我们做人、对我们的生命重要？我们有想过吗？

我们每天忙进忙出，营营役役，耳边耳外充斥着声音，其实，又有哪些是我们该静下来全神贯注去听的讯息呢？

每日世情纷纷扰扰，脑中心中已被烦恼、忧虑占据，又有何种思虑，是真正值得我们静静思考、好好咀嚼的呢？

在这本小书中，就让我们一起来思考生命、思考感情、思考心灵、思考人生、思考文字……。

是思考的时候了

第一章

思考生命

静听、静思 ∕2

感情大学 ∕4

物情 ∕6

男人的情义 ∕9

校工 ∕11

背后的故事 ∕14

束手无策 ∕16

难民、善行 ∕18

"开锁佬"心理治疗 ∕20

以文字相许 ∕23

关注性侵犯 ∕25

哮喘的故事 ∕26

愚人愚己 ∕28

标点符号 ∕30

目

录

思考感情

分享荣耀 /32

扭毛巾 /33

豪情 /34

麻烦友 /36

女人的礼让 /38

贷款难易 /39

不敢见人 /40

呼奴唤婢 /42

交缠的关系 /44

说相思 /46

树的故事 /48

树的杀手 /50

上一代、下一代 /52

"亲老版"? /54

记住这一幕 /56

目录

是思考的时候了

第三章

思考心灵

心灵鸡汤 /58

怪梦 /61

相同的梦境 /62

没野心 /65

活动 /67

埋怨 /68

真人 show /69

卜居 /71

得之失之 /73

曾经青绿 /75

曾是情意 /77

保持距离 /78

一个人乘飞机 /79

雪糕车 /80

三种讨法 /81

第四章

思考人生

生存意义 /84

地铁站里的思考 /86

双脚不着地 /88

"名"的两面 /90

评论 /92

术数论 /94

心魔 /95

心念 /96

心痛 /98

无求 /100

对自己交代 /102

禁烟杂感 /104

拜祭 /107

不快 /109

目

录

是思考的时候了

是思考的时候了

第五章

思考文字

书的反思 /112

良师、慈母 /114

作者、编辑 /116

故事 /119

抒情文 /120

出版奇谈 /122

如何才能畅销？/124

情欲、文学 /126

夕阳行业 /128

文字失格 /131

第一章

思考生命

静听、静思

昨晚到姑母家吃饭时，电视播着一个基督教节目，资深艺人黄恺欣在讲述她信基督的见证与信之后的改变。是一个很好的节目，难得可以在吃饭的时间播出，可以让一家大小一同观看。

我看得入迷，姑母却忙进忙出为我张罗饭菜。

姑母在半年前受洗了，但是在信仰上知道得不多，我认为她该看看这种节目，于是对她说："你坐下来看电视吧！饭迟一点吃不要紧的！"

但她没理我，又钻进厨房里埋头苦干。

我无奈地看着电视屏幕，突然想起《圣经》里面马大、马利亚的故事。耶稣到她们家作客，姐姐马大忙得不得了，努力张罗招呼，务求令耶稣得到最好的招待。妹妹马利亚却坐在耶稣旁边听他说话。姐姐骂妹妹为什么不来帮忙。耶稣却对她说，能像妹妹一样静静地坐下来听他的话，才是最有福的。

看着电视屏幕由亮变暗、暗变亮，五光十色，我在感喟——我们每天在电视里看到这么多节目、资讯，在报章上看到这么多讯息——一大串股票号码、马匹号码、楼盘广告，这里面，其实哪些才是真正对我们重要的讯息？哪些才是真正对我们做人、对我们的生命重要？我们有想过吗？

我们每天忙进忙出，营营役役，耳边充斥着声音，其实，又有哪些是我们该静下来全神贯注地去听的讯息呢?

　　每日世情纷纷扰扰,脑中心中已被烦恼、忧虑占据,又有何种思虑,是真正值得我们静静思考、好好咀嚼的呢?

感情大学

在巴士的 Road Show 广告上，常常看到一个网上大学的广告，城市中有各式各样的大学、各种课程。忽发奇想，我们常常说感情重要，但为什么我们没有"感情大学"、"感情学系"？

一直觉得，现代都市人把感情看得太轻了，看得比一只股票、一种基金都要轻。因为我们不重视、不思考、不学习，所以，一旦我们的感情出了问题，我们都不懂得如何面对。

遥记得母亲患癌过世后，我以为那是顽疾的一种解脱，在感情上，自己该是可以接受的。两个月之后，学校为我找了一份兼职，是在防癌会做听热线电话的工作。负责向大众介绍防癌知识。

未上工前，负责人把一大堆有关防癌的宣传单给我回家看。回到家里，一个人翻呀翻的，母亲由健康到患病到垂死的一幕一幕不断重现，那几天，令我整个人崩溃了。最后，只得打电话回学校婉拒这份工作。

也许平时我们没察觉，但感情问题一旦突然出现，我们会不懂得面对，这可能会像山崩海啸一样，对我们造成沉重的打击。

幸好，现在已有专为关怀丧亲人士而设立的赈明会，社会上也有各种关怀各样情感需要的组织。然而，我觉得对感情的重视、学习,仍是未够。

　　某天,当股票、彩票、房车、高楼都离我们而去,或者对我们不再重要的时候,我们身边仅留的,可能只是点点情意(也可能已经所余无几),而到那时,我们才后悔对它关注得太少,这已经太迟了。

　　(我知道我们的社会已经有心理学,然而,我认为那毕竟是不同的。)

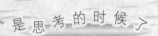

物　情

　　这阵子先后有两位朋友在物质上蒙受了颇大的损失。

　　第一位,失了车。是新买来的珍珠白色七人车,才落地两星期,性能还没掌握得很清楚,怎料,有朝一觉醒来,新车不翼而飞,家楼下停车场的闸门还是关着的,看更还睡得很熟。她在闸门口拾到自己的车牌,哭笑不得。

　　我们都安慰她:保险有得赔的嘛! 但我们都知道,那该是几个月后的事了。

　　她说:一部车不止一部车这么简单,这部车还联系着她将来的生活。她买这部七人车,原本为着一家老少可以一齐去郊游,和同事外出吃饭,不用再担心坐不下,剩下一两个要去坐巴士……还有,精选了家里最好的 CD 也放在里面,准备一边驾车一边欣赏。还有,那好不容易才储齐一套放在车头的趴地熊……这部车,联系着她过去、现在、将来的生活盼望。

　　另一位朋友,电脑被黑客入侵了,在她面前死掉,遗言也没一句,她才惊悉自己从前太倚赖电脑了,以为它很可靠,竟连 backup 也没有做。她想起那已经写了七万字的硕士论文,本来月尾就可以交了……还有许多朋友的电邮地址……最可惜的,是那每日一篇的日记,把这一年来的感受、心情,都写在了里面……

　　她告诉我时,表情泫然。

她们告知这些"惨剧"时,我当然爱莫能助,但听这两番话时,我脑袋里同样冒出一句:幸好失去的不是人……

　　对啊! 如果失去了的,是我们将来想和他一起交游、分享的人;如果失去的,是每天听我们倾吐心事、分担苦乐的人……我想告诉她们:幸好失去的是物件,可以买过、建立过,如果失去的是人,就更追悔莫及了。

　　也许失去了物件,更能提醒我们"惜取眼前人"哩!

男人的情义

男人之间的情义,很微妙。

有一位朋友跟我说起他的兼职工作,谈得眉飞色舞,我顺口问一句:"听说与你同一个部门的 XX 也是和你一起在那里兼职的!"

他脸色一沉,问:"你怎么知道的?"

我说:"怎么知道的有什么关系?"

"关系可大了,我们的公司是不准人兼职的,一知道了就即炒!"

我说:"那你又在这里说得这么大声!"

"我只是说我自己呀!我单身寡老窦,怕什么?他却有老婆仔女要养,你千万别对人说呀!"

叮嘱再三,从没见他这样求人,这是男人之间的情义。

另一次,我在从前工作的机构,奉命要裁员,当我对一位男同事透露此动向时,他对我说:

"如果一定要裁的话,你裁我好了,别裁 XX 好吗?"

我问:"为什么?"

"他要养老婆仔女呀!"他答。

"你也有老婆仔女要养呀!"我大惑不解。

"我只有一个女,他却有两个仔,而且,他刚买了新车,这时节,要供楼又要供车,他爸爸身体又不好!"说得泫然欲泪。

第一章　思考生命

虽然，当时我这个无权无勇的小主管还是把他们两个都裁了，但没忘记这个男人泫然欲泪的一幕。

不是性别歧视，这种男人间的情义场景，放诸女人身上，我却未看见过。也许，女人跟男人对情义的表达是不同的吧!

校 工

昨天看了两篇中学生的作品，都是讲他们学校的校工的。

其中一个男学生讲他学校的校工叔叔，常跟他们讲故事、说笑话、教他们做人，又静静地在值班室书桌上放下朱古力请他们吃。男孩说他是全校最受学生欢迎的校工。

另一个女学生讲她学校的校工婶婶，常听她们倾诉心事，每逢那天有测验，也肯在早上提早开门让她们进课室温习，文章末尾，女孩说这位校工是她目前认识的"最老的好朋友"。

看了文章，回忆起中学时一位校工，总是凶神恶煞赶收工，每次我们在课室温习留晚了，他就会用带着乡音的广东话向我们叱喝："识得生疮（熄灯闩窗）呀！"一秒钟也不肯通融，总要令大家不快。

校工，有些人认为是学校里最低下的工作岗位，他们当然没有校长、主任、教师的权威，也没有校务员、实验室助理员的尊严，因此，一些校工也卑视自己的职业，且视会加添他们工作量的学生为马骝、为哗鬼，甚至仇人，是他们喝叱、谩骂的对象。

也有些校工尊敬自己的工作，没有看不起自己，敬业乐业，和学生做朋友，因此，成为学生倾诉、尊敬的对象。

其实一切职业也莫不如此，任何一份工作，只要你尊重它，尊重工作中会接触的每一个人，那么，每一份职业都是可敬的，每一个客人都是可爱的，你也会成为客人、工作伙伴的尊敬对象。

第一章　思考生命

背后的故事

近来听到一个常给我骂的人背后的故事。

"其实,她的童年也是挺不开心的。"来人说。

"怎会啊?她家里不是挺富有的吗?听说她家住大屋、有几个佣人、有几部房车啊!"我煞有介事地嚷。

来人娓娓道来:她父亲不错是富有,但她母亲自小就抛下他们走了,外婆为了照顾他们,就搬进他们家里住。因为外婆害怕女婿娶了新太太,会对自己的外孙不好,就每天在孙儿耳边训话,教他们怎样挑拨离间、怎样赶走父亲身边的女人、怎样千万不要让父亲再娶妻。

孩子日日受训话,耳濡目染,每日就重复学习怎样对人不信任、排斥异己、用种种手段去打击父亲身边的女人……到头来,大家也不好过,孩子在充满嫉妒、斗争的环境中成长,学不到爱人,却学会处处防范、排斥。

我听了恍然大悟。我在单亲家庭长大,家里穷得不得了,但母亲的无私付出,却教会我们自爱、爱人。由此可见,在富裕家庭长大,要风得风、要雨得雨的孩子,只要家里没有爱,也不会快乐,也不会健康成长。

中国人常说一个"恕"字,我想其精神乃在于:我们对人怀怒之时,要想想对方为何如此,是否有苦衷使然?故事听多了,还会想想是不是他或她的成长环境使然? 养成他或她这样的性格呢？

当然，话说回来，既然那人如此总结自己的童年，知道外婆灌输的思想不对，就该从头反省。人应该成长，不能永远用成长环境来作做错事的借口，痛定思痛，下决心改正才是。

"责人宽，责己严"是一个长久适用的道理哩！

第一章　思考生命

束手无策

前几天发生一宗失业汉跳楼自杀事件,传媒因而揭发了一家五口十元吃三餐的惨事。

边看报章的时候,我想:我的身边不要发生这种事才好,如果我的朋友、我的邻居发生了这种状况,而我竟懵然不知,不去施予援手,这实在是很令人难过的事。

我姑母的隔邻,也住着一位身世坎坷的老人家,她的儿子已死,剩下一个孙女儿与她相依为命。她一个人拿三、四千元的综援,交了每月二千七的租金后,已所余无几,每日三餐,也是勉强应付过去。

她的孙女其实已长大出来工作,莫说反哺来照顾她,至少也应和她分担租金、生活费,但孙女不务正业,租金不肯付,却每天开冷气、大讲无线电话,业主来追收电费了,她还要声大夹恶不肯付。婆婆忍气吞声,代付了一次、两次,弄到自己连吃的都成问题……

老而无依的婆婆已够可怜,她还要供养那已经二十多岁的孙女。路过她房间时看见,她只睡在一张小沙发上,而孙女睡四英尺乘六英尺的大床,床上放满毛公仔。问她:为什么不是两格床,她睡下格、孙女睡上格呢?

她支支吾吾,只说:"我的背部有毛病,睡这张小沙发就好了。"

姑母也想帮助这婆婆，但当想到帮了她就像纵容了她的孙女，就有点心有不甘。

许多时，可怜的家庭里都有有问题的成年人、不孝子，他们是家庭问题的关键，外人帮得了他们的经济，却对真正的问题所在束手无策。

难民、善行

昨天晚上看了一个关于阿富汗难民的电视片集，讲阿富汗的人民为了逃避内战，千里迢迢逃到巴基斯坦，中途死伤无数，有许多父母失去孩子，也有许多孩子失去了父母。到达逃难目的地的，也不见得有希望，因为难民人数太多，邻国政府也应接不暇、爱莫能助。

和我一齐围坐电视旁边的朋友说："内战连连，人民也是需要负上责任的，谁叫他们不群起反抗呢？"

也有人说："国家这么穷，对前景也是没有希望，生出来的孩子也是死的，他们还生这么多孩子干吗？真是造孽。"

我想：难道国家有难，他们连生孩子的权利也没有了吗？这么再内战下去，他们的种族不就会灭绝了吗？再苦难的民族也对下一代有盼望，自己再苦，下一代有万分之一寻获幸福的机会也是好的，这是希望的力量。

朋友说的这些话，是有选择的人口中的话，我们不只在物质上有选择，思想上也有选择。受难的人们，无论在物质上、思想上，又怎可奢望选择呢？

朋友又说："我们这样年年捐钱，救得了这个国家，下一个国家又有苦难，真令人心淡。"

怎会心淡呢？假如我们微少的付出，能救得了一个人、一个家庭，这就是一件伟大的功业、无比的善行，我们从中也有美好的学习、体验，又怎会累、怎会心淡呢？因为，做善事，不只是一件事，所救助的，还是一个个活生生的人、宝贵的生命。

仍然记得那次宣明会告诉我助养的孩子一家已能脱贫自立，那一刻的喜悦，是没有任何事可取代的。然后，又满怀希望地开始助养另一个地方有需要的小朋友。

喜悦一个接一个，怎么会累、会心淡呢？

"开锁佬"心理治疗

前两天出门上班,顺手把铁闸一掩,然后拿出钥匙上锁。谁知锁卡住了,钥匙也插不进去,既锁不上也开不了。

一向乐观的我想:下班再说吧!

下班时,找来那间为我安装铁闸的公司,因为铁闸才装上三个多月,我认为他们理应负责。

他们到来,将铁闸推撞了几下,然后摔手拧头说:没办法,是人为破坏!(那个"人为",即是指我!)如果你要进去,我们帮你把整个铁闸拆出来,让你进去,但明天我们才有空来替你装回。

他们说:拆铁闸五百,再装要五百,修理锁又需另外付钱,而且我还要待上没铁闸只有薄薄木门守护的一夜!

我想:买一座铁闸连安装才二千多元,这么一开,不便要一千多元吗?真气死人。

于是把他们打发走,找来了锁匠开门。锁匠在电话那边说二百五十元吧!十五分钟后就到。

锁匠先生比我早到,看了看锁,就说:不用担心,只需几分钟便行,只消调校好那把锁,门开了后,锁还能用。

他边开锁边道:是不小心关闸所致,但不用怕,笨了一次就会学精,以后就不会再笨了。

我一听他说我笨,想起铁闸公司说的"人为错误",愤愤不

第一章　思考生命

平地正要辩解。

锁匠气定神闲地说："为此而动气就不划算了，就当花了那二百多元是上茶楼喝一餐茶吧！实在不必动气，动气多了人容易身心失衡……"

锁匠用心理学家的口吻向我辅导，然后，不厌其烦地教我以后怎样关铁闸。

这位锁匠的话很有禅味，所谓禅的机锋，是一句受用的话，能使听的人豁然开朗。如果我们能够将金钱上的损失、小小无妄之灾，都看成喝了一餐茶花的钱，不为此动气，人也会变得开朗、豁达。

感谢这位锁匠先生，听了他的一番话，我这几天来的怨气、愤慨都豁然开朗。

以文字相许

如果懂得珍惜，同事之间其实是一种很好的善缘。

我在上班的日子里，常常吃完早餐就做到下班才吃晚饭，中间常是不吃午饭的，因怕外面人挤，浪费时间。

中间，肚子不免会饿得怪叫，在最想吃东西时，通常食物就会来，今天是豆腐花，昨天是蛋糕、布丁，前天是饼干、苹果……口渴了刚想叫外卖，同事又递上一罐汽水……他们在我饿了的时候就给我吃，我口渴了就会给我喝，我叩门他们就给我开门……说呀说的，把他们说成神一样了。真的有点像，有时，他们还会"五饼二鱼"——我只请过他们吃一次斋点心，往后，他们就每天请我吃各种各样的东西。有时，我会认为，这些好同事是上帝派来的天使。

昨天，还有更深的经历。

话说昨天到突破上班时，钱包没钱，去银行提款机提款，却给提款机把卡吃了去。钱包里的零钱，乘了车就不够吃早餐了，真令人难过。

这时，看见一个突破的同事从远处向我招手，脸孔是较陌生的，他竟然请我乘计程车回突破，让我可以有钱吃早餐，那顿早餐，分外美味。

午间有人请吃饭不用愁，到了下班，乘巴士时一心以为八达通还有钱足够乘一程车，谁知"嘟"一声——不合格，正想仓惶下车,却看见一位向来不乘这路线的同事赶上车来,他慷慨地为我付了车钱。

由此,我领略了在神里面的丰富预备,从此不再担心找不到工作、经济出现问题……

同事是神派来的天使,突破还有一位同事阿 Yan 常请我吃他自己煮的佳肴,还有许多许多人,无以为报,唯有——以文字相许,说一声谢谢。

关注性侵犯

因公事接触过一个关注妇女性暴力协会的机构，那是一个关注被性侵犯妇女的义务团体，它的服务包括帮助辅导受侵犯妇女，引起社会对性暴力的关注等。

妇女受到性侵犯，侵犯者是满足一时之快，但对受侵犯者来说，是一辈子的创伤。某些被侵犯者会认为被侵犯是自己的过错，她们不敢对人说出惨痛经历，许多时无法面对这些残酷现实，使伤口长期被埋藏，得不到医治。

一些受侵犯者会因而对性有不正确的观念，性令她们有太多不正确的联想，也使部分受害人对性观念过分开放，造成更大创伤。

这个关注性暴力的团体，得不到社会上的关注、支持，原因是许多人仍然对此有成见，有些人认为被侵犯者只属少数人，不应因而花费太多社会资源；有些人认为被侵犯者也应负上部分责任等等，种种成见，使这些受害人得不到应有的关注、关怀。

对此，我想到，除了对受害人的关注外，对性暴力成因的研究也是十分重要的，例如一些乱伦案中的环境因素、母亲的态度、父亲的心态、传统家庭观念等等，将这一切纳入研究范围，研究防范、补救之道，那应该是整个社会的事，而不应该只是受害人的事。事实上，调查显示在香港每七个小时就有一个人受到性侵犯，那不是冰山的一角。

哮喘的故事

近日，哮喘病有点复发的迹象。

那是缠绕童年的病症，它像一个儿时的顽皮玩伴，叫人困恼，也叫人怀念。令人困恼的是，它常常在难眠的夜里，令我几乎窒息，常常要入急诊室打垒球棒一样大的针；令人怀念的是，童年多病，却因而多赚取了母亲、长辈的疼爱，七八岁大了，因为住唐楼气喘不能行楼梯，母亲、姑母常是轮着背我上五层楼的。那种偎着她们背上的温馨暖意，现在仍感受得到。

近日报纸报道现在许多幼童仍是受哮喘困扰，一位粗心母亲在访问中说："我完全不知道孩子患了哮喘啊！只知道她咳，咳得厉害就带她去看医生啰！"

想不到医学会随年月而进步，母亲对孩子的关爱却不会随时代而增多。回想在那个贫困无助的年代，母亲逢人就问哮喘、气管炎等的病征和分别，请教该怎样护理；宁愿自己节衣缩食少放几天假，也花钱为我买来燕窝、鳄鱼肉等补身，更请托亲朋到外地搜罗秘方、药物。

后来，不知她从哪里找来的验方，煲药让我吃了。几次就没事，终于告别了那气喘的童年岁月，可以吃雪糕，喝汽水了。

现在，童年的友伴好像又来探访，知道验方的母亲却早已远去。似是故人来，却又不知如何把它打发走了。

＊　　＊　　＊

朋友都说：童年有哮喘病的，长大了再发就会"手尾"长，其中一个还危言耸听说：

"邓丽君也是这样死的，唏唏……"

我却忽地想起了一个朋友的哮喘复发故事。

她的哮喘病早已好了，但某次因为失恋，放纵自己喝酒、不眠不食，使自己身体状况日差而哮喘复发，也许以为摧残自己，可以令他痛心回头，也许她以摧残自己来发泄哀伤吧！

哮喘复发了，那个晚上，她气喘得不能呼吸，母亲连忙送她入院。抢救一轮，她险死还生，醒来之后，看见病床前是她中学时期的初恋男友，原来他当了医生，他关切地说："你要迟五分钟被送进来，就没救了。"

她含着一泡眼泪看着他，百感交集。

在朋辈中，有哮喘病仿佛是一件凄美的事，可能是文人的关系，认为吐半口血，由人搀扶着去看秋海棠，是病态的，但美丽的。

跟一个人生阅历丰富的人谈起这个病，她气定神闲地说：简单得很……

以为她有验方，又以为自己寻找到隐世医术，她却说：

"等病好了，每天去游泳吧！体弱的时候，哮喘才会复发，体质好了就不怕。"

也对的，把什么病态美、凄美都丢掉吧！最重要的是有健康的身体，留得青山在，更美丽的事情才会发生。

第一章　思考生命

愚人愚己

报章的娱乐版、八卦杂志、搜查式电视节目，最近可热闹了，因为有富豪家族纷争、丑闻可爆，不用他们到处搵料，或者搜索枯肠去无中生有。

但富豪的招待会稍停，电视台的"搜查式"节目又搬出了这样的节目预告：某个泳滩接连发生意外，他们请来什么什么玄学家说说那泳滩的位置、风水，又找来附近居民说说那里常发生的怪事、传说。

我最讨厌这一类无中生有、鼓吹迷信、宣扬怪力乱神的节目，两害取其轻，我宁愿他们继续追访富豪家族丑闻。

察觉到每逢那阵子没什么特别新闻，他们就这样怪力乱神一番，前阵子竟然去追访台湾的一张台，说那台中有神，向它问问题可以左转右转提供答案指点迷津。于是，有艺员去问前程，电视台又找来什么博士去研究一番。如此荒诞无聊的迷信也追查一番，简直是拉低观众智商的反智节目。

一个人的将来、前途，自己不去掌握，却去问一张木台，这个人根本没有前途可言。古代的人拜木头，我们以为是先民无知，谁知这个年代的人，更甚。

我们的电视节目，一边在一家大小看电视的黄金时间宣扬迷信、愚妄，另一边又提醒阿婆不要被作福党、神棍欺骗，其实鼓吹迷信、虚幻的，也正是这些电视节目。

认真做好资讯节目，别再请出那些所谓玄学大师胡诌一番愚人愚己（不是娱人娱己），这是我对电视台节目制作者的期盼。

标点符号

有一位同事，喜欢长嗟短叹。她在我的座位旁来回穿梭的时候，总会抛下几句：

"唉！那个客户的文件又迟来了！"

"唉唷！这个客户真难服侍，我是天底下最可怜的人！"

"啊！今天真走霉运，看来又要 OT 了。"

她来回穿梭时，我看见一个人型感叹号在移动，她每次走过，都向旁边的同事洒下一堆感叹号，消耗着其他人的积极力量。

这个同事像感叹号，有些同事却像个大问号，由早上看见他，已像不清不醒、浑浑噩噩，不知为何上班、为何工作、为何努力，甚至为何生存，每天遇见这些人，都儆醒一次，提醒自己要认真投入地干活。

有些人缘好、受欢迎的同事会像逗号，同事路过，总要驻足停留，聊一回天，闲扯几句，歇一歇，然后才面带笑容离开。漂亮又人缘好的人简直像分号，因为人在那边停留的时间要比逗号长。

整天严肃兮兮、不苟言笑的老板、上司就像个句号，怎样谈笑风生的同事，到了他面前，都会停止说话，收敛起笑容，甚至被吓得张口成圆圈，令人的口部表现也像个句号。

你身边的同事们，又像哪些标点符号呢？不妨观察、分析一下。

第二章

思考感情

分享荣耀

朋友在电话中说："我有话要跟你说。"

电话在五点半打来，他七点钟约了人吃饭，但仍坚持要和我谈什么，我想，那必定是什么要紧的事吧！

我忙于赶稿，只好请他来我家，我边打字边听，心里有数，大约是他与新公司签约的事想咨询我的意见吧！

他讲了一轮最近认识了某些网络界名人，多了很多发展和学习机会，讲了半点钟，以为他要入正题了，问："因为这样，你想提高和新公司签约的条件吗？"

他摇头，我又问："那你告诉我这些干吗？"

他搔头，傻里傻气地说："想告诉你啰，事业上有了大发展，想走来告诉你。"

"你没有其他朋友可说了吗？"我问。

"那倒不是，只是前两次我升职、加人工也是告诉你的，于是这趟第一个想来告诉你。"

是的，从前他升职加人工，也是告诉我的；前一两年，他的郁郁不得志，我也见证了，我应该是他浮沉起跌的见证人吧！

我想一个人的光荣，与人分享是很重要的，不能随街拉一个人就讲，必须是一个见证过我们起起跌跌的人，才明白我们的辛酸、挣扎、付出和努力，也最有资格分享我们的荣耀。能够成为朋友分享荣耀的对象，我感到光荣。

扭毛巾

熟朋友来电话,一开声就是一大堆问题。

"我过几天就要跟某机构的 CEO 见面,你听听我向他呈交的计划里几个重点问题,看看有什么缺漏没有……"

狂喷口水一大轮,闲聊了几句,他又来了:"是呀! 那个网的要员你认不认识?我想打听一下他们的内部结构,方便我下次见他们时有话可说……"

翻来覆去,也是要"搵料"、要你提供意见,有时是拿你来"brainstorm",总之不让你的脑袋闲着,不让你放松下来谈天。

听呀听的,我忍不住说出了心底话:"我觉得自己像是一条毛巾,你每次跟我谈话,就是拚命将这条毛巾扭出水来,差不多扭干、挤干了,你还是不满意。我告诉你,我现在是一条干毛巾了,再挤不出一点一滴来,我宁愿你拿我去抹台、抹水……"

回首当年,他虽然常把我们几个朋友当作倾诉工具,用我们这些毛巾来抹汗水和泪水,虽是分担多于分享,但总比现在拚命挤的好。

做朋友的,如果只做为抹泪水的毛巾,分担你的伤痛,或用来抹汗水,与你分担挣扎、分享荣耀,也是正经,无可厚非,只希望不要将这毛巾专往脏处抹、胡乱用,已经是求之不得的了。

第二章　思考感情

豪 情

跟工作上的朋友交往，比较投契的、可能有更多关照的，会约在晚上吃晚饭，或者去"饮嘢"，这是因为夜晚的时间较充裕，如果意犹未尽，可以有多点时间耽久一点，以求尽兴而回。

生疏一点，没有那么投契、将来没什么往来机会的，就去吃午饭、喝下午茶算了，因为一旦话不投机、话题沉闷，就可以推说要赶回去开会、赶回去工作，聚会随时终止，大家也心安理得、大条道理。

如果一早知道是话不投机的，索性约在一个嘈杂点的地方，或拉一大班人同去，就可以减少些说话机会，吵吵哄哄又一顿饭，其实不用说上一句真心话、内心话，只是虚应故事，总算是见过一面罢了。

前天晚上，我赴了一个更加省力的约会，与一个在工作上、人情上也应该去认识、去见的人，相约在卡拉 OK，一坐下就吃，边吃已边唱，吃完又马上唱，由头到尾，说不够三句话。

说我们都没一句真心话吗？但我们唱歌时声嘶力竭，都是掏心掏肺，都是真心的，只是有真心、没交流而已。一次卡拉 OK 的聚会之后，连对方的样子也没认清楚，来日在街上遇上也不会认得。

别说我无情，我可是很怀念从前跟朋友豪情夜话的，或者一顿午饭中说得太投契,下午打个电话回公司请假,连班也不上继续聊下去。

　　只是,职场情薄、知音人少,仍只可是那句"偶遇知音一放声"而已。

麻烦友

我们总有很多"麻烦友"朋友，这些朋友，帮又帮不来，劝又劝不听，但却总爱找我们诉苦，谁叫这些多半是我们的中学、大学同学，我们跟他们哭过、笑过，如今他或她有事，怎能撇下他们，连诉苦也不听他们的呢？

朋友的朋友——一个大学生、男人、银行高级职员，一个人住一间千多英尺的大屋，却每天打电话向她诉苦：上司无聊、工作无趣、暗恋的女孩无情……住的地方负了资产……脸上多油，爱长暗疮，做多少次 facial 也无效……

他还说：最近开始服精神科药物、怀疑患上抑郁症……

作为朋友，只可以——聆听、聆听之后还是聆听。

我也有这样的"麻烦友"朋友——一时说遭业主迫迁，一时说被公司裁员，被拖欠薪金……

再找到工作了，也不见得好，又问：如何防止被裁，如何讨好上司，万一又被裁了怎办？怎么追讨欠薪？

而且，这种烦人的电话总在我追看《小宝与康熙》，或吃芒果弄得满手果汁时打来……

谁没有这些"麻烦友"朋友？而且，我们自己都做过"麻烦友"吧！

记得读大专的时候，有一位同学自称是"爱情蝙蝠侠"，同学一失恋，他就会不远千里飞来。那时，求助最多的是我，他每次都不远千里飞来……

　　每次想到这位"爱情蝙蝠侠",我就会沉住气,静静听朋友诉苦,毕竟,我们都不是强者。能做个聆听者,也是有福的。

女人的礼让

无意中发觉,许多女性朋友有关电脑的事务,都倚仗男朋友、丈夫。

她们常说的话是:"Send 给你的电邮收不到吗? 现在再Send?没办法,要等我丈夫回来才可以,我不懂得。"

另一个说:"要等我的同居男友回来才可上网,自从有一次我收了有病毒的电邮,把他的电脑弄得天翻地覆之后,他不准我自己上网!"

又另一个,我叫她将文件 print 出来给我,她说要先打电话给老公,他丈夫在电话中大喝一声:"不许碰,让我回来才 print 吧!"

她委屈地说:"我自己也可以啊!"

他又在那边大叫:"不可以,printer 要先插插苏,你不懂的,会电死你! 还是等我回来吧!"

结果, 只是 print 一页文件, 她也等了五个小时丈夫回来才做得完。

这是什么时代了?女人有工作能力、经济能力,但是,在电脑、电器、科技上,总喜欢倚仗男人,男人也就理所当然地将这些列为女人禁地,也是男人的自尊所在。

也许,女人并不是自己做不来,只是,将稍为"男性化"一点的技能让给男人,女人才不显得那么咄咄迫人,也在这些领域上面,可以表演小鸟依人,让男人在这领地上做"大男人"。

贷款难易

人陷在财政的困顿中，会感到彷徨无助，这不止牵涉到钱，还牵涉到因被追讨而受到身败名裂的痛苦。

一个朋友错误估计了自己的财政状况，在看了一个一百八十度海景单位之后，慷慨落了订。

他以为以自己的赚钱能力，必定可以得到九成或至少八成半的贷款，怎料，到正式申请贷款时，因为他年前私人贷款还款出过问题，又因为他与现工作公司的合约问题，令他的九成贷款申请落了空，最多只可得到七成的借贷。

那尚欠的几十万首期怎办呢？他想，以他的高收入，顶多去借私人贷款吧！报章里不是有许多预先批核、毋须抵押、高达月薪几倍的低息私人贷款吗？十几分钟就可以批辖拿钱到手啊！担心什么？

谁知道，从前贷款纪录有过问题，申请私人贷款可一点也不容易，他提供了一切入息证明，申请还是落了空。

贷款到不了手，要是挞定，也可能要面临被发展商追究的命运啊！他为此烦恼不已。

一个不眠的夜里，母亲推门进房里来，递给他一张支票，说："这是我和你哥哥的积蓄。"

原来家人知道了，原来家人的帮助，才是最不计利息、最不需要抵押、证明的贷款。他为之前想买一个海景单位搬出去独自享受感到惭愧。

不敢见人

一年前,朋友家附近搬来的一楼一凤,令她家平静的生活起了变化。

起初并不以为意,但见新搬来的人在铁闸上、大门上也标示了大大的牌子,写上全个地址,而且在出电梯后,就有一个个小箭头,指向那一家。

那户门口有一盏黄灯,时亮时灭,知情的人说,灯亮了,就表示有客。

也常常见一些陌生男人在门外兜圈,很情急(其实是性急)的样子,但一见有人走近,就扮看报纸及瞻天望地。

朋友就住在一楼一凤的对面,而家里热又常常只锁铁闸不关门,因此,对对面人家的"客情",也掌握一二。

朋友的母亲是在街市卖菜的,附近的街坊都相熟,常撞见 X 师奶的老公、X 太的丈夫、X 小姐的男朋友在隔邻出现。碰见了,男人打招呼又不是,不打招呼又不是,有低头疾走而过的,也有装作不认识转身向墙的,也有诈癫扮傻口中念念有词的。

伯母常说:"真看不过眼,这些男人平常在老婆面前扮恩爱、扮忠心,真想明天在街市上告诉他们的老婆。"

有一天,对面单位的 X 小姐竟和一个大汉来拍门,对伯母说:"太太,你们的单位卖多少钱,开个价来,你长驻在此,令我的熟客都不敢来帮衬了！"

伯母不想惹事，从此关起门来开冷气。

想不到做见不得人的事的人，招牌大大，开灯开门，却要清清白白的人关起门来不敢见人。

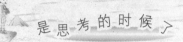

呼奴唤婢

听一位女性朋友说过：她凭这些年的努力，跃登龙门，虽不至可以呼风唤雨，但可以令她从前的同事、与她同级的工作人员，成为她的"婢女"。

她说，努力，为的是那种前呼后拥，身旁有几个婢女服侍的感受。

也听过男性朋友说过：多少年的挣扎、向上爬，一将功成万骨枯，全为了要当初与他平起平坐的人，都成为他身边的"刷鞋仔"，仰承他的鼻息做人，差点要他们每天大嚷："XX 教主仙福永享，寿与天齐……"

也在许多聚会中，听到一些中产朋友，在旧同伴前炫耀自己住在高人一等的豪宅，买那种价逾朋辈几年年薪的名车，子女在国际学校的每月学费相等于朋友子女的一年……仿佛，每次聚会，就为了要享受那种高人一等、站在山巅俯瞰众友营役、劳碌的感受。

也许这些人在贫困时辛苦挣扎、饱受煎熬的当时，都曾对自己说："有朝一日我飞黄腾达，看你们怎样向我跪拜、奉承……"

也许，就是这一股动力，才会令他们更奋勇、更不顾一切地向上爬，以便更快享受那种睥睨一切、使万人为奴为婢的虚荣感受……

　　始终觉得那是有点心理失衡。如果那些真是我们的朋友，无论小中大学同学、昔日朋辈，当我一朝显贵时，我希望他们也丰衣足食，看见友人"折堕"，我不会安乐，也不会想乘此收之为奴役、婢女。毕竟，我相信人人生而平等……

　　也许，就因为这样，没有了那股强大动力，我不会飞黄腾达吧！

第二章　思考感情

交缠的关系

就快要跟一个机构结束合作关系，不用到那边上班了。

没有太多离情，最舍不得的，竟是那里的 Canteen，那早晨的第一口奶茶、那味道浓香的花生酱包、那真诚有礼的服务员、那透着玻璃窗远眺绿野的悠闲、那令人珍惜的静思一刻。

对于里面的人，如果是真心相交的，还有许多约出来见面的机会，只是那地方，那 Canteen，去的机会不多了。

我是一个贪新鲜的人，对于一段关系的结束，刚泛起的感伤，瞬间会被新天新地新环境的憧憬所取代，我是喜爱沉浸、耽乐于憧憬、幻想的喜悦中的人。

朋友说：这是蜻蜓点水，不泛涟漪的交往方式。

也有人问我：你试过投进交缠的关系吗？

交缠的关系？我害怕给缠死，窒息、吐舌、紫脸的模样很不好看。

古人的人际关系并不是如此的，他们说"和而不同"，说"相识遍天下，知交能几人"，说"偶遇知音一放声"……

哪像现在的人际关系，像用织针密密手在编织一块织品，织品愈大愈好，且是万一中间穿了一个洞，一牵线，整块织物就会毁诸一旦的样子。

我不需要这种交缠重叠、千丝万缕、牵一发而动全身的人际关系。

　　也许,正因为没有了这些人际关系,才能宁静地享受那呷一口茶眺望绿野、凝思远想的悠闲。

说相思

一位朋友刚与男友分手，她为如何处置和男友一起养的两只相思鸟而烦恼。解决方法？她有三个方案：

（一）将一只鸟还给男友，自己养一只。

（二）将两只鸟一起送人，一了百了。

（三）自己养下去。

我给意见，说如何处置这两只鸟，关乎她怎样看待这段感情。

方案一：是藕断丝连，如果盼望与男友有破镜重圆的一天，就用每人养一只的方式保持维系吧！间中可以用让两只鸟见面做借口，与对方见见面。不然，借故问候一下另一只鸟，好有借口打电话去。（但可怜两只相思相聚相分的命运，要跟两个主人连在一起。）

方案二：将两只鸟一起送人，这真是一了百了的方法，证明真的恩断义绝，对男友一丝一点期望也没有了。

方案三：自己养下去。虽然她不懂养鸟，从前鸟儿吃的、喝的、清理粪便，也是男友一手包办，现在她可以好好学习，也好让她在初分手无所事事的时间，有点事烦心，可补空虚。也可以用"养得比你好"，证明自己"活得比你好"。

以上三个方案也代表了她对这段感情的看法，如何选择，看她自己。幸而她没选择将相思鸟放掉，因为放掉它们，它们也许不懂自己觅食，是一种不负责任的行为。

第二章 思考感情

树的故事

最近搜集资料写一本关于树的书，发现了很多关于树的有趣故事。

我们认识的、最有名的，当然是大埔的许愿树、榕树头的老榕树，还有年前树王选举获奖的冠军树啦! 但除此以外，其实还有许多有名声、有个性、有趣的树的。

全港最贵的树，可能是太古广场旁边的老榕树，这株老树有一百二十年树龄。1986 年太古地产购入这块土地时，和港府签订协议规定必须把这株树保留原位，于是，在施工过程中，做了一个直径十八米、深十米的大花盆盛载着它，又为它和它的四周腾出至少三千平方米的空地，因此合共花费了两千三百八十九万港元。如今，这棵名贵榕树有两个园丁专门侍候，还每月花一万几千去为它"扮靓"哩!

另外一棵很有名的树，是位于元朗的伊斯兰教圣树——枣椰树。

这棵树是从伊斯兰教圣城麦加把种籽带回来的，政府为了建路，曾多番令它几乎断送，树主为了保护它，与政府争持了二十九年，后来还惊动了沙特阿拉伯国王介入，通过驻北京大使馆要求港府保留这棵树。

这棵树最后的命运不知如何，但说它是国际有名的一棵树，实不为过。

　　还值得一提的是在政府总部大门前的一棵紫檀树，它是全港最大的紫檀树，身高十六米，树身直径一点三米，要两人张手才能合抱。

　　这棵树茂盛的枝叶曾为许多请愿人士遮风挡雨，它见证了香港的历史，可说是在政界最为人熟知的树哩！

第二章　思考感情

树的杀手

上星期六说完香港有名的树，其实香港还有很多其他有趣的树的。

我们常在车路旁看见一种叶片呈长型、有桃红色花朵的树，它叫夹竹桃，我们大抵在小学的教科书里见到过它。为什么会在教科书中见到它？因为它是有毒的，书中叫我们不要触摸它。

夹竹桃是常绿灌木，初夏至初冬开花，花的颜色有桃红、粉红或白色。它是世界知名的剧毒植物，全株含有剧烈毒质，甚至燃烧枝叶产生的烟雾，都可以让人中毒，严重的可令人痉挛、失去知觉，甚至死亡。

于是有人会问，这种有剧毒的树木，为什么还要种植？其实政府也曾停种过它，但因为夹竹桃没有花粉，枝叶不易折断，且具有耐臭能力，即使在高污染的地方仍能健康生长，所以十分适合种在车路旁，既有隔尘作用，也可美化市容。

树木之中，有一种"奸角"，它不是对人有毒，却是对树木有害，称为"植物杀手"。

植物杀手薇甘菊是菊科植物，也是菊科中唯一以攀藤方式生长的植物。它的特性是遇草便覆盖，遇树便攀缠，它会紧缠目标树干，然后以胜利者的姿态在树顶开花。薇甘菊的蔓生力惊人，被攀援的树木很快就会被它茂密的枝叶完全覆盖，令下面的树木完全与光隔绝，令受害树木不能再进行光合作用，慢慢枯死。

　　这种树木是不是很可怕呢?但它的杀伤力似曾相识,像不像你公司里、你身边的同事呢?

上一代、下一代

听到一位老太太这样抱怨："我每次到我女儿家里呀，她都在监督女儿做功课，劳气得拆天似的。我买了玩具去给外孙女儿，拿给她，跟她聊两句时，女儿马上对她喝骂：不准说话，集中精神做功课！我只是跟外孙女聊两句罢了，有什么碍事的？她这样骂女儿，即是骂我，骂我阻碍她女儿做功课……"

旁人安慰："也许这阵子小孩子功课忙，她母亲才恁地紧张吧！"

老太太听了更是气愤难平："她呀，非常紧张女儿的学业，为此已经辞掉工作陪女儿读书，但是呀，每天任何时候上去都见到她们在做功课，真是廿四小时不停似的。要不，就是带孩子去学芭蕾舞、电脑，我真戤孩子辛苦呀！才六岁大……"

老太太的话，反映现在常见的问题：许多母亲，为了孩子的学业，放弃自己的高薪厚职，成为孩子最贵的补习教师，而且是全天候不停补习，孩子身上，背负了母亲的全副精神，有时，还加上父母为了校网而动用了全部积蓄搬家的代价，整天看见父母紧张兮兮、绷得紧紧的脸孔，孩子如何承受得了？

这同时也反映了另一问题——他们对孩子投入的精神、关注太多了；对上一代的父母所投入的，相比之下，少得可怜。孩子占了十分之九，父母占的，连十分之一也没有，顶多是父亲节、母亲节时交交行货而已。

　　不错，父母陪伴孩子的黄金时候，不过是那十年八年，要好好珍惜，但我们的父母都老了，我们可以陪伴他们的时间也不会太多，那不是该同样珍惜、关注吗？

　　什么时候，我们可以抽些时间出来，聆听老人家的需要，同时，也让孩子有喘息一刻的空间。

"亲老版"?

近期和朋友谈论开专栏、副刊的变迁,发现副刊当中的亲子版,是近年才冒起的。几乎每一份报章都有亲子版,这当然与社会发展有关。社会中的消费层,除了青少年之外,就是这一班中产阶层的父母,他们最肯为孩子用钱,大至教育、房屋,小至玩具、图书等消费,家长们宁愿自己省吃俭用,也可为孩子一掷千金。所以,各项消费品广告商和报章、杂志都觑准了这个市场,家长版、亲子版在报章、杂志上占的篇幅也愈来愈多了。

但这也令人好生奇怪,这些中产阶层除了有子女,也该是有父母的吧?他们在跟父母相处方面有没有问题?是否也需要有一版"亲老版"来指导一下?父母虽然年老,但也有许多是壮心不已、继续学习的,我们又有否关心过他们可以学些什么来陶冶性情?怎样为他们选择老人中心?假日又可以带他们去参加什么活动?可以带他们去什么地方旅行?

我们对下一代的关切,比对上一代的多十倍,所以也难怪报章只有"亲子版",而没有"亲老版"。老人是绝对的弱势社群,可能就因为他们的消费力低,子女肯花在他们身上的消费力也低,所以社会上从不供应专供他们看的书、电影、报章,甚至任何娱乐。

这实在是一个值得思考的问题,现代人的寿命愈来愈长,父母六七十岁仍十分壮健、仍十分积极地参与社会的也所在多有，因此，其实学会好好和老人家相处，互相支持、学习，也跟"亲子"一样，是人生快乐的泉源啊！

记住这一幕

这几天下着黄色、红色的暴雨，狼狼狈狈地走在街上，竟然看到一幕幕令人心头一热的场面……

大雨滂沱，母亲拿着伞遮挡着孩子，虽然孩子身上已穿了雨衣、水鞋，但母亲仍不自觉地将雨伞全遮着孩子，自己身上被雨水湿透也浑然不觉。

穿了毕挺西装的父亲为了不让孩子踩进水氹里，用粗壮的手臂提起孩子跳过去时，却被后面疾驶而过的货车弄得全身湿脏。

还有，母亲背起两个孩子的书包，还为孩子打伞的景象。

这些熟悉的图象，我们童年时都经历过。童年时被母亲提起来跨过大水氹，顽皮的我还拉着她的手臂荡秋千。还有下大雨时，母亲拿着雨伞等在学校门口接放学的情景……

回看这些日子看到雨中的亲子图，真想一一拍摄下来，那会是最珍贵的亲情摄影集。父母的爱，在大雨中保护孩子免于弄湿、受冷之中，发挥得淋漓尽致。

记住这一幕，然后我们懂得数算，在人生路上，父母亲为我们抵挡过几许风雨，更记得人生中最难走的那一两段路，都是他们陪着我们，甚至是背负着我们走过的。

第三

章

思考心灵

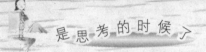

心灵鸡汤

昨晚工作颇有阻滞，到深夜才下班，累极地走到隧巴站，原来那路线的隧巴尾班车早开出了。走了十五分钟到另一个站，却因一时心急，上错了车。坐在不知往哪里开去的车上，觉得很徬徨，觉得很惨。

回到家时，连楼下的看更也睡了，我感到今天很黯淡，日月无光。

在电梯口，电话响起，一位旧同事告诉我，她找到工作了！

因为她家庭负担重，一个人养家，所以当她失业时，我也为她奔走了一下，介绍了一两份工作。见了工，却迟迟未叫她上班，因此我也放不下心。

电话中，她告诉我今天第一天上班，心情战兢又雀跃，还在迎新会上百多个同事面前介绍自己。

我听了，很安慰，在我很近距离的周围，总算有人是开心的。她雀跃的声音，为我这能源用尽的身心重新注入了能量。

回家洗完澡，查看电邮。一位许多年没见面的朋友，从报章专栏的小窗口里得知我的电邮，因此来信问候。

这个旧朋友，是我一个旧同学的前女朋友，旧同学不生性，一脚踏两船，她曾经历过痛不欲生的阶段，我也安慰过她一两回。

在电邮中，她告诉我，她已找到好归宿，结了婚好几年，还

第三章 思考心灵

有一个几个月大的可爱女儿。

看着屏幕,突然感觉这个平常冰冷的屏幕,在此刻变得可亲,因为它带来了佳美信息。

这一晚,仿似喝了两碗心灵鸡汤,在这个沮丧的夜里,感到重新得了力量,明天,又可以如鹰展翅飞翔。

怪 梦

朋友造了个奇怪的梦。

她梦见自己置身一间大屋里面,屋里有六个洗手间,每个洗手间都有一个大浴缸。

每一个浴缸也是不同的,有圆形的、长方形的,有水力按摩的、蒸气的,有玫瑰花瓣浴、有鲜奶浴、泡泡浴。

她说得兴高采烈,她说那个早上真不愿醒来,宁愿耽在梦中一辈子。

我问她这个梦到底有什么意思呢?

她听了,呆一呆,良久才有反应:可能是这几天天气冷,我家里的澡房又迫狭,没有浴缸,而热水炉供应的热水又不足够的原因吧!每天累极下班回家,真想有一个水力按摩浴缸好好泡一个热水浴啊!

梦境常反映我们的渴求和不足,我也真想知道我常造的梦反映什么,有什么微言大义。

我常造梦去考公开试,会考啦……大学入学试啦……但不知怎的,总是因为种种障碍到不了试场,因此在梦中干着急。

也常造梦梦见一张绵绵不尽的长桌子,上面放着上百种美味甜点,我兴奋地拿了一大盘一大盘……拿到了手的,总是给旁人一声不响拿去了,到最后,自己也没吃着一口,空着肚子到天明。

哎哟,别告诉我那是弗洛伊德所说的欲念得不到满足呀!

相同的梦境

不知怎的，我对造梦的原因、影响很有兴趣，因为，每天晚上也造着清晰的梦。

昨天在家里看卡通片《不思议游戏》的 VCD，里面女主角常造的梦，竟然跟我一样!

她常造着吃东西的梦，面前一大盆一大盆心爱美食，想伸手去取时，却全部不见了。

或是梦到考试，裙拉裤甩的赶到试场，却跑错了地方，或者是遇上没温习过的题目，吓得一身大汗。

也会梦到母亲，母亲站在远处，幽幽的看着自己，却是唤她不应，跑过去却消失了。

我也是反反覆覆地造着这些梦，不知道是否女性造的梦都有些相同内容呢?而这些内容又象征着怎样的心理状态呢?

早阵子看到冯礼慈先生在专栏中说，他和一班三四十岁的专业人士饭叙，谈到造梦，原来这一班才隽都常造着类似的梦——赶着去参加考试，却扑了个空，或者对着全不会答的试题，一筹莫展。

我不是这些才隽，却也会造同样的梦，问过几个女性朋友，他们也说会造这样的梦。这是因为生活的压力太大的缘故吗?

第三章　思考心灵

如果有机会,可以一大班朋友一起谈谈梦境,探讨一下其中玄机, 或者请一两个真正专家来帮忙分析, 该是很好的聚会。就算没有治疗作用,至少可以畅所欲言,消一下郁结呀!

没野心

前两天去澳门小休了一两天,路过看见楼宇招租、买卖的招纸,我驻足观看。呀,两房一厅的房子租金才千多元! 于是我盘算,一年租金才万多二万元,拿几十万来这里不是可以过十年了吗?

身旁的朋友问:怎么你去菲律宾,去番禺,去澳门也会留意租金若干呢? 是呀,到了生活指数较低的地方,我就会盘算再辛苦工作几年, 就拿了储蓄去这些地方退退休。特别在工作很辛苦、很谷气的时候,想想退退休、懒懒闲,就可抖擞精神,回一回气。

我是一个大懒人,别人在这个年龄层,可能会想如何拼搏,如何在工作上独挡一面,如何扬名声显父母;但我想的,是怎样有一百几十万退休就懒懒闲闲。

所以很多人都知道我是一个没野心的人。从前因为老板见我没野心,不能为公司大展鸿图,就在我上面加插一个人,改一改出版方向。我在知道这个消息的第一天,就递了辞职信。

大老板叫我去见,只说了一句话:"公司要发展,你是没野心的人嘛!"言下之意,是不用你烦心,又照出粮,不好吗?

我笑了一笑,他也笑了一笑,这会面就完了。之后,他以为我会留下,但我就是维持原判走。

那一笑，是因为在那里待了七年，原来老板是知我的，他知道我是个没野心的人；但也笑他不知我，不知我虽没野心，但有好恶，不与不喜欢的人共事，不做不喜欢的工作。

所以，一向有这个愿望：快点可以到一个没有竞争的小镇，继续懒，继续没野心，但可以更自由地爱恨、好恶。

活 动

听到两种由善意发起的行动,令人欣然。

情人节前,收到一个电邮这样呼吁:

假如你在情人节收到一大束花,请你留一朵给自己,然后将其他的一一送出去。

送给这阵子心情郁闷的人,送给你开罪过的人,送给帮忙过你的人,送给你关心的人……送的时候,别忘附上祝福。

我想,这一定是一个善良女孩以爱还爱的行动。如果在每一个节日里,我们都可以想出一种以爱还爱,散播爱心的方法,然后付诸行动就好了。

另一个是名为"绿孩儿"的行动,是教导孩子提高环保意识的活动。详细情形不大清楚,只知道其中一项,是孩子拿环保袋去超级市场买东西时,收银员看见他们用环保袋,就会在收据上盖印,想是储多了盖印就有奖励吧!

朋友儿子的学校参加了这个活动,每次她外出购物,孩子就会提醒她:"妈妈,记得带环保购物袋呀!"

这种由学校到学生而反过来影响、教育家长的途径,可有效用啊!

看着笑脸相迎的孩子对自己提醒,你忍心拒绝吗?

埋 怨

那天很疲累，终于可以下班了，在楼下遇见同事，见他一脸雀跃，我问：回家了吗？去街玩吗？

他答：还要赶到另一个地方开工。

我被当头棒喝：以为自己劳苦功高，十分辛苦了，却原来，有许多人，为了生活，还要赶上另一份工，还要留在公司加班。

我当时想，真内疚啊！还常常埋怨工作多，透不过气来，比起许多人，我只是懒，只是身在福中不知福。

我又再想：能够每天做自己有兴趣、热爱的工作，至少，每天看自己喜爱的文章，寓工作于兴趣，那已是几生修得的福报。

对于我喜欢的作者，因为我很爱读他们的文章，在做编辑工作时，每天编啊，校啊，也不以为苦。何况自己还可在报纸专栏版有一角畅所欲言、略抒胸臆，那是最好不过的事。

偶尔记起要感恩、惜福，也偶尔检讨了自己爱埋怨的弊病。

真人 show

昨天在影视店看到《真人 show》的 VCD，感觉仿如隔世，如获至宝。

电影是在德国的法兰克福看的，那趟独自游欧洲，在法兰克福看完展览出来，店铺在五六点都全部关门了，没处可去，无事可做，只得钻进戏院。

当时看的是德文字幕，英语对白也不全听得懂，却仍然感到那么震撼。所以，这次一看见 VCD，就立即买回家，马上再看一遍。

很奇怪，其他电影落画后很快就出 VCD，这一出，却一等三年，望穿秋水，才望到它的 VCD。

故事的主角（占基利）自小被电视台合法领养，然后让他活在一个大片场——一个岛里面，岛里面一切都是假的，主角的父母、亲人、朋友都是演员，他的遭遇都是预先安排的情节，甚至连他童年丧父，都是导演煽情的安排。

唯独主角自己的感觉是真的，唯独他一个人不知道自己活在电视节目中、在千万对观众眼睛注视之下。

后来，他发现了真相，千方百计逃走，他偷了一只船扬帆出海，被编导以风浪阻止，几经挣扎，终于风平浪静，遇上蓝天，谁知在这当儿，船却撞到屏幕上，原来，连这蓝天碧海都是布景！

此际，他听到编导的声音从天而来，告诉他其实他的成长、挣扎、喜乐，他都知道，他都陪着他、看顾他……

　　最后，主角选择了离开这个节目、离开这个安逸的环境，选择了自由与自尊。

　　电影令人想到人自身的景况、人与神的关系、命运的安排等，耐人沉思，发人深省，是我认为在知性、感性上皆有震撼的精彩电影。

卜 居

一位家居杂志的记者电邮给我，说想找我做家居访问。我关上电邮环顾斗室，"可访性"真低呀！然而，根据我近日对居室要求的反省，新发现、可发表的倒有一些。

昨天路过沙田医院，看着花槽里的绿树和小黄花，突然省悟，原来从前的几次择居，也是因为对树的喜爱。

从前住在旺角警署对面的一幢楼，看楼时推窗一看就爱上了，警署的空地上植有两三株青青绿绿的大树，从这幢楼的窗外看出去，无遮无挡的就可以尽收眼底。于是，没多作思考就卜居于此。

迁入新居前的第一件装修大事，就是把旧窗拆去，扩展成一块大玻璃宽银幕，为的，只是迎入婆娑树影。

后来一搬就搬了去对面海的湾仔秀华坊，同样在看楼时，推开窗，伸手可及就是窗外的大树，有时树叶还蹦进窗来，成为我家的访客。

除了树，对于居所，我还有另一种偏爱。很喜欢跟朋友去看楼，买楼的不是我，我却爱指手划脚，说这里怎样拆，那里怎样起……

也喜欢看卖楼广告，不是因为喜欢炒楼、置业；自己买过的屋，一番热情装修一轮之后，热情冷却，仿似尘缘都了。

想呀想的，原来自己不是喜欢买楼，而是喜欢做室内设计。于是，决定忙完这阵子，就寻师学艺去。

你呢？有没有从日常生活的细节中，寻出自己的执着、偏爱或真正的喜好？

得之失之

　　朋友约我到大会堂看画展,本不是什么雅士,但在朋友再三邀请之下,也就去了。

　　看完,乘电梯到了楼下,以为她会陪我吃午餐,谁知她说:"你要走了吧?那我回去了。"

　　"回去?回什么地方去?"

　　"回到上面听讲座呀!上边有个讲座快要举行,你喜欢也可以来听。"

　　这里?有讲座?很抱歉,我不是常去大会堂的文化人。

　　她带我到一旁告示板处看。

　　"你看呀!这里逢星期六、日也有许多讲座举行,都是免费的。"

　　告示板上贴了许多讲座告示,真不少呀!有陈永明先生讲《论语》,也有李润生先生讲佛学。李润生先生从前曾在研究所教过我《中论》,清晰精辟,连我这个佛学门外汉也听出趣味来。课程完结后,曾四处打听他还在什么地方讲课,踏破铁鞋,想不到会不经意得之。

　　此外,这些琳琅满目的讲座中,还有教人做生意、积极思想、瑜伽呀什么的。友人说:

　　"我最近在听《庄子》和学作诗,都是些退了休的老教授讲的。有时间、高兴就去听听,没文凭、没功课,一点压力也没有,只是纯兴趣的寻求。"

　　她还说:"从前呀! 还担心仔大女大,退了休的日子怎过,现在呀,常去听这些讲座,又忙又开心,真不知老之将至呀! "

　　原来,我们身边有这么好的事情在发生,有这么多精彩又免费的讲座在举办着, 只是, 繁忙又空虚的都市人会大意失之。

曾经青绿

昨天和一班朋友在政府室内运动场打完波，就到运动场楼顶的大牌档吃晚饭。吃完饭，几个女孩子嚷着吃甜品，听闻大牌档尽头有间甜品店，于是一大班人浩浩荡荡地走过去。

甜品档却是冷冷清清的，只有我们一台客。一个穿雪白制服、架上胶框眼镜中学生模样的男孩来招待我们。几个女孩的要求稀奇古怪，学生模样的侍应虽怯怯生生的，却是彬彬有礼，丝毫没有不耐烦。

为我们落完单，男孩又笔直地站回柜台旁，虽然没有新人客，他却是抖擞精神，挺直腰板的立着。没吃甜品的一位男性朋友怔怔地看着他，说："以他的年纪，该还是学生吧！"

我们七嘴八舌地议论：该是暑期工吧！又或者是新移民家庭的贫穷孩子，日间上学，夜里做侍应帮补家计……总之，是个乖孩子吧！

男性朋友怔怔地想起当年来："我当时做第一份暑期工时，也是这副模样的，初出茅庐，常被人欺负。但我当时还好，工作很忙，但瞧他，没有工作还是那样站直腰板，战战兢兢的。看这里的生意这么差，他大概快要失去工作了。"他脸色渐沉，又转过脸来对我说："你写专栏的，介绍一下这甜品档吧！让他们不用那么快执笠也好呀！"

我无言以对，因为我介绍过的店都执了笠（大吉利是）。

　　由他带起话题，大伙儿都回忆起自己的暑期工、第一份工作来，那时的辛酸真多啊！

　　回忆了一大轮，糖水吃完了，拿起球拍离开时，朋友们有了一个结论："明天上班要好好对待自己的下属，特别是那些初出茅庐的新人，因为，自己也曾经新过、青绿过、错漏百出过、一无是处过啊！"

　　想不到一碗糖水，令许多小下属们明天少受几顿骂，甚至得到善待。

曾是情意

今天，偷得半日闲，朋友载我去西贡满记吃糖水，经过将军澳，他问：要回旧公司探同事吗？

我看看表，一小时之后还有工作，只一个小时，足够我跟旧同事叙旧吗？

于是数数手指，跟某部门的某一位最少要谈十五分钟，另一部门的全部人也熟，恐怕要花上半小时拉扯，数来数去，计来计去，一小时总是不够的。

于是潇洒地说：算了，没心理准备，下次吧！

坐在车上边吹吹风边回忆。哎哋，怎么会忘记了一个人？

从前，总会在状态最好时才敢回去，回去之后，战战兢兢，那个想遇上又怕遇上的人，怎么今天，竟忘了。

还是在两三年前，在困顿颠踬的低潮中，时常想：有一天能忘掉就好了。能忘掉了是天堂，该摆几围大肆庆祝；若忘不掉，那是地狱。

在两三年的不知不觉中，全不费功夫地，毫无意识地，竟忘掉了。

终于忘掉了，却不觉得是在天堂，也不认为有大肆庆祝的需要。一切遗忘与复原，在不知不觉之间，该是无情，却有余韵。

忘掉了，真好；如若记起，也总值得拿出来一再细味。毕竟，那曾是情意。

第三章　思考心灵

保持距离

在路上驾车时要与前车保持一段距离，以策安全。我行路亦一样，与前后左右的人保持一段安全距离，避免刹掣不及，撞在别人身上。

细想，其实在人际关系上，亦是如此。对朋友吧，女性朋友亦然，君子之交淡如水，关系一密切，就会成为腻友，而非挚友，黏黏的，好不烦人。

回想从前有一位相识不久就表现得十分要好的朋友，有一回一班人去游船河，船快要开了，她却离队去购物，一去无踪，我不想因为她一个人而耽误大家的归程，于是叫船家开船。

原来她是去为我搜罗我喜欢的物品，好辛苦地买到了，船却开走了，她等了一个多小时才有另一班船。自此，她与我反目，我也引以为幸，就算我明知道她离队去买东西是给我，当时也会叫船家开船走。如此以为大家是好朋友我就会一味偏袒她的人，我也不大想跟她做朋友。

若干年之后，有一位有任何利益都予我一份的朋友，为了我和她的对头人成为朋友，因而大发雷霆，传真十多页纸给我声言割席。我当时根本不知道那人是她的对头人，就算知道，也不会不跟那人做朋友，难道跟每一个人做朋友，也要经她批准吗？

这种太紧密、紧密得容易产生碰撞，且不容易临急刹掣的人际关系，大概就是所谓"埋堆"了吧！

一个人乘飞机

一个人乘飞机的时候,总是遇上班机误点,而却在候机室呆等的时候,看完一本好书。

一个人乘飞机的时候,在不想吃机场餐厅的烂三文治、臭蛋糕之际,却会吃上美味的香蕉杏仁乳酪,还是吃了不会胖的那种。

一个人乘飞机的时候,前座总有两个说不完家庭琐事的女人,幸好她们有个标致、淘气、懂得逗人发笑的小女儿。

一个人乘飞机的时候,总幻想身边坐上一个年轻才隽的IT界俊男,却往往坐下来的是爱掉头皮,坐下不久就睡得呼噜呼噜的脏汉子。

一个人乘飞机的时候,总是遇上爱窥视、打听我从上机到落机在奋笔直书些什么的人,这些人,也总被我写进书里成为配角、布景板。

一个人乘飞机的时候,在冷得发抖想要毛毡的当儿,总会碰着来去匆匆、忙得不可开交的空姐,幸好会在冷得要发病,而空姐刚有空招呼我的时候,航机到了。

一个人乘飞机的时候,下机出机场的时候,走在我旁边的总是有家人、男友、女友来接的人,而我,越过了他们、一马当先,庆幸自己比他们早几步上的士。

雪糕车

甫从旺角火车站出来,就看见一辆雪糕车泊在前面,虽然没打算吃软雪糕,但听到那种童话般的音乐,就令人向往,真想上前向它说一句:"很久不见了,你好吗?多谢你陪伴我成长,为我的童年带来希望。"

雪糕车和它的悠扬乐章,该在大多数人的童年占过一个位置吧!每次听到那种音乐声,就令孩子雀跃、兴奋,它是带来美味与欢乐的天使。

童年时做错事,被妈妈禁止出街的时候,就唯有这种音乐声是我的拯救,因为雪糕车就停在屋村的家楼下,严格来说不算是出街,妈都会通融让我下楼去买来吃。许多时,被妈妈骂完泪还未干,那种美丽的乐音,那种软雪糕入口温柔的质感,就是最好的安慰。

虽然还有流动图书车呀、捐血车之类,但都不及雪糕车为我们带来的喜乐。很不明白,为什么没有其他流动贩卖车辆,会像雪糕车一样,有这种独一无二、令人一听就知道它卖什么的呢?(在台湾,这种乐声好似是垃圾车用的,真大煞风景。)

忽发奇想,譬如我用一辆车去卖书,就不停播出"书中自有黄金屋、书中自有颜如玉",在家里的人一听了,就会奔下来买书。

还有卖什么可以用这类方法呢?或者用哪一种声响好呢?这又是否要申请牌照呢?

三种讨法

前阵子讲过在炮台山地铁站外，看见过一个唱《似梦迷离》的乞丐，有读者问我是不是真的。当然是真的啦！这次在旺角由豉油街商务印书馆横越弥敦道，到南华戏院那边的行人隧道里，遇上三个乞丐，更是千真万确的，因此这么详细地描述了一次地点。

一条短短的行人隧道里面，就有三个乞丐，各适其式。第一个遇见的，是一个很认真地弹三弦的盲婆婆，她总是很认真的奏着，没理是否有人给钱。可总是很难听见她奏出的乐音，因为她的旁边，有一个"豪华型"乞丐。

这位中年男子带来了电子琴、名贵扬声器，俨然是餐厅、小夜总会的演奏规模，乐声嘹亮，掩盖尽盲婆婆的演奏。男子身旁，还躺着一头毛色雪白的北京狗，显然是他悉心照料下的宠物，你说这不是豪华型是什么？

两位演奏者中间，有一个赤裸上身的壮年男子元龙高卧，他印印脚地随着乐音打拍子，边伸出手来乞讨，一派逍遥貌。

记得姐姐说过最有见地的一句话，她说她不把演奏乐器讨钱的人视为乞丐，他们是卖艺者，甚至是平民艺术家。

从繁忙的弥敦道的这端，过渡到喧闹的那一端，在短短窄窄的行人隧道里，竟有一次欣赏平民艺术的机会。

而躺在两位演奏家中间的男人呢？却是个不知所谓的乞讨者，连做乞丐都做得毫无诚意，不知所谓。

第三章　思考心灵

是思考的时候

第四章

章

思考人生

生存意义

有一位大学生读者写电邮来问我："你生存是为了什么？人生存是为什么呢？"

真把我杀一个措手不及，但既然有人问，就要答，于是斗胆略抒己见，我是这样答他的：

我认为人生存是为了尽情、尽性、尽能。

尽情：生而为人，必跌落凡尘俗世的人际关系里，有许多恩要报，有许多人要关心，有些人要照顾；尽心去爱，尽力地多花点时间去用心经营自己想投入的感情，就是尽情。

尽性：找到自己性之所向，然后不顾一切朝那方向努力。譬如喜欢写作，爱独来独往，不喜欢打工等，看清方向，行之不迷，就坚持己见，择善固执，再不动摇，死而后已。

尽能：天生我才必有用，要尽力发挥自己的潜能，尽力令天赋的能力得到发展，令它发挥得淋漓尽致，就算不能获得别人的掌声，也要令自己俯仰无愧，死而无憾。

作为一个基督徒，当然明白更重要是——"尽心、尽意、尽性爱主你的上帝，其次是要爱人如己"啦！

他问我这个问题，是因为他现在感到迷惘、一时寻不着人生意义吗？找个宁静的地方，好好想一想：如果明天我就要离开人世，还会有什么遗憾？有什么想做而未做的？

也许，可以想出点端倪，得到点启示。

第四章　思考人生

地铁站里的思考

爱在乘车乘船时思考，常常，会在这匆促的几分几秒内，勘破人生大道理。

踏上出地铁站长长的扶手电梯上时，我常留意一个现象。电梯是左行右企的，会在左边让出一条通道让赶时间的人步行。有时候，一个不识相的站在左边，挡住了去路，后来的想向前走的人，见前路被阻，多就会站在阻人者后面，自己也成了阻人者。

如此这般地累积了十个八个，后来的人，就会顺理成章地左右乱站，不会再让出一条通道。

在这当儿，我常会想：就算我左面的前面站了再多人，只要我醒觉地站到右边，就会少一个人阻挡通道，如果后面的人也学我一样，那么，让前面的人上去了，迟早会再清出一条通道来。

这只是小事一桩，但见微知著，我们看见前面的人做错了、阻碍了人，我们是推搪说：我又不是第一个，我走开了后面的人也上不去啊！然后自己也加入站在左面阻碍别人，还是清醒思考后站到右边呢？

左边多站你一个人，代表错误力量又增强了一点。

人生也如此，我常听人抱怨公司部门里奸人多，自己没办法，只好忍气吞声。我就会说，同一部门的人有错你不指出来，他的错你也有份，虽然没有参与，但沉默就是默许。

　　有时看见工作的机构、社会中有不公平、不良制度，如果我们没作出过反抗、反对，至少表过态不支持，他日，我们身处的地方被弄得一团糟，我们身受其害时，我们也不要只骂小人当道，我们也要检讨自己——因为我们没有反对过、没有出过一句声。

双脚不着地

做了父亲的朋友说:"儿子长大些,就要送他出国读书,香港现下的教育,反反覆覆改来改去,不想儿子成为教育政策下的白老鼠!"

他所说的长大些,意思是八九岁,我听了,心里很不是味儿。

有好些中产朋友,我感觉他们的双脚是不着地的。他们出入以车代步,由他们所居的大型屋苑停车场跳上车,车子径向工作地方的停车场、购物地点的停车场、高级食肆的停车场驶去,由始至终,不会在地面大堂出现,更遑论走在街上。他们走在街上的时候,大概是由停车场步至"吊脚"的目的地那一两步吧!

我的这些中产朋友,有许多是在公共屋村、板间房中长大的,几经挣扎,长大之后,力图摆脱那长大的屋村阶层;那些平民学校,是"支付不起"的父母的孩子进的,那些茶餐厅、大排档太脏,那些街道太多烟尘、污染太厉害。他们的孩子,自然也像他们一样,双脚是不会着地的了。

我想他们不大会像我一样,路过某一条屋村时,会怀缅起儿时在楼下公园荡秋千的情景;走进茶餐厅,想起从前父母在难得的休假时,会带我们去饱餐一顿的光景……

这些不会在路上遇上的朋友,因为我甚少出现在停车场,见面机会少了，心境也相去愈远。

　　我想，假如我有孩子，我希望留给他们的，不是财富与尊贵，而是挣扎中的成长和学习。

"名"的两面

近来传媒追访名人、窥伺他们隐私的情况愈演愈烈,不止名人受到伤害,某天大风大雨,某大传媒记者在风雨中赶回报社时,汽车失事身亡,我作为这传媒的前员工,听到消息也不大好受。

最近,这种追访对象更由艺人转至名人,连名作家也不放过,为此,一位记者朋友跟上司大吵一顿,认为不应将受害人范围扩大,应该放名人名作家一马。

她跟上司吵完,怒气未平就打电话来向我申诉,以为我会支持她。

我说:"名气仿如一个硬币,也必定有其好坏两面,名人、名作家因为名声获利,其人的好处、优点因被传媒放大数十倍,名声所至,利亦接踵而来。但是,你不能只享受某种事物为你带来的好处而完全拒绝其弊处!

"怎可能只要求别人报道你想让他们报道的,却完全避免别人报道你不想让人知的事呢?"

传媒报道可以是很好的免费宣传,但你一有行差踏错,他们就如嗜血的恶虫般蜂拥而来了。

她说:"你这样说是赞成传媒这种做法吗?"

我说:"也不是,只是,凡事皆有两面,开始享受名声带来好处的同时,也要有心理准备它会反过来咬你一大口,令你名声扫地。况且人谁无错,现今有名有位的人,哪个避免得了名声带来之害呢?"

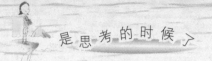

评 论

跟一位当检控官的朋友晚膳,他谈到:现在许多报章里的评论太离谱了。对一些未知道事实的评论,太多臆测,而且绘形绘声,将臆测说成事实。

譬如那宗杀警案,起初某些报章将整件事写成桃色情杀,一段港闻,令人仿如看一篇爱情小说。

后来,听说拉到人了,是死者的少年朋友,于是一正一邪,变成武侠小说桥段,两个少年,一个误入歧途,成了枭雄;一个进了正道,成为英雄……都把臆测变成铁一般的事实。

谈呀谈的,他愤慨地说:还有一些自命是人民英雄的,事情未清楚,就站出来说三道四,正是势在人在(舆论势力那边强一点的,他们就站到那边振臂高呼),势亡人闪(一旦舆论倾向另一边,他们就立即闪到对立的那边,又没事人似的为这边的正义出力)。

我一向不谈时事,也不爱写评论文章,正是此理,我知道的太少了,以所知的一点点取立场、辨是非,或大张挞伐,太鲁莽、太矫情、太不智了。

就如股市评论一样,"股市升定跌"应该放到一天股市之后,许多安排却会放在每天开市之前,情况未明,就大放厥词,将臆测说成事实、幻想说成真理。

这些评论家、预测家,如果在一年之末,拿出报章来,检讨一下自己说对了多少，测中过多少，也许都会大汗淋漓，不免汗颜……

如果生活不是太迫人，我想，他们在检讨以后，会选择少说一点、说慢一点了……

术数论

昨天由朋友介绍认识一位术数高人，闻说，他是车公庙那位车公的后人。外祖、舅父到他三代相学传家，而他，在还是小子的阶段遇上紫薇斗数高人。

没打算在这里谈术数，但和他倾谈一顿饭的时间，真有胜读十年书之感，下面随便掇拾他的几段话。

话说清朝有两本教江湖术士行骗的书，里面教相士如遇到男顾客，则要用"先生，你就嗦发达啦！"等正面话去令他驻足，然后慢慢说到他运滞的一面也未迟。对于女顾客呢？则先要用"你就快有难了。"等恐吓的话，来让她留下帮衬。对男女顾客这种不同心理的触摸，就是江湖术士之能。

此外，他说有些以出生时辰推算命理的术士，因为顾客多不能提供出生时的准确时辰，他就会叫客人答有关已发生的事的几个问题，以便分辨哪一个时辰的运程才是他的，但这些问题其实是 master mine 式的，即是他从你问题的答案已能组织、分析出你的过去，于是说出来时，顾客就会以为奇准无比，其实答案是你自己告诉他的。

最令我拜服的是他说：命运命运，命和运是不同的，命是你有劳斯来斯还是有一架平价汽车，运就是这架车日后走的路，驾劳斯来斯去走大烂地、沼泽，也不会舒服到哪里。术数命理只是一种工具，指示人生的方向，如果完全依赖它，就是被工具操控，而不是你在运用工具了。

94

心　魔

　　在我们心里面,有时有一种心魔,令人最难克服。

　　一位老人家,素来善忘,梳完头放下梳子就会失掉,吃饭时上一趟洗手间回来又会失掉筷子,她常骂自己:

　　"愈老愈没用了,什么也会忘掉。"

　　最近,她搬了新家,起初住进去时,心情愉快,后来在邻居婆婆间听到了闲言闲语,变得不安起来。

　　原来她住的那间房子,几个月前是一家人住的,因为生活迫人,男户主在洗手间的梁柱上上吊自杀了。

　　老人家听了传闻,毛骨耸然,不安起来,变得疑心生暗鬼。

　　侄女来吃饭之后,好端端电视的遥控器不见了,侄女和她通处找也找不到,她开始疑心:

　　"是不是那个……偷去了……"

　　契女去探她,找了一个多小时也找不到她的住处,她明明来过的呀,怎么今次会迷了路?于是她又想:

　　"会不会是人家说的'鬼掩眼',令她看不见路?"

　　自此,老人家事事疑神疑鬼,从前骂自己忘掉东西是善忘,现在什么也说是与鬼神有关。

　　我称这为心魔,我们心里面一旦产生了无力感,凡事也推给鬼神,我们生命中的力量,也会逐渐失去。

心 念

午膳时间,听到同事在电话中的谈话很烦躁,知道她赶着出去料理家事,手头上却有很多工作,我想问她:有什么需要帮忙吗?她却一直忙于讲电话。

于是,我写了一张便条,慰问她,刚写了一句,却见她挽起手提袋急步出去了。

我揉起纸条,很无奈——帮不上忙了,连慰问也没法送上。

但转念一想,可能少讲句当帮忙,不再扰乱她心神,让她全神贯注去办事,已是最好的帮忙哩!

原来,我对于朋友,也是满豁达的,但那要视乎事情的性质而异。

上星期五,一位在我家附近上课的朋友约我在楼下附近吃点东西。一见到他,愁眉深锁,合该有事。

他说:"刚才是我上的电脑课程最后一堂,要考试,我抄了同学的答案。"

我听了,不置一词。对于这么大个了仍"出猫",我不知如何相劝,因为已没有人会记他缺点、扣他操行分的了。

我脑内忽然出现了一些成功商人的形象,想起假以时日,倘他继续使诈、用不光明手段,而能获得成功,在这社会里步步高升、如鱼得水,那很可怜。

　　劝他用电邮告知老师这作弊行为，然后怎样处置由他，起码，自己心安理得。于是，他释然自在地吃完那顿饭。

　　后来不知如何，我却从中更明白了令自己心念清洁的重要。作了一次弊、使了一次诈，如果得逞，那会令我们以为此法可行，是污染心灵的开端。

　　而且使了诈，心中多了一件不可告人之事，会使人对自己的道德要求降低，而且，也许要以更多的不诚实来掩饰……

　　我这样说，是否我自己没做过不光明的事呢？当然不是，就是每个人心中也有阴暗处，所以更要儆醒，别让这阴暗处更扩大了。

心 痛

　　昨天遇到几个人、几件事，心有点痛。

　　碰见做记者的朋友，她说这天是上班的最后一天，眼红红地诉说着工作上的种种不平，而且，三月开始放声气找工作，至今，仍未有着落。

　　在传媒行业中，一个资深记者三个月找不到工作，这在从前是罕有的事，可知道市道真的很差。

　　一个在网站工作的朋友，年前雄心壮志地投入网站，不足一个月，网站裁员，经过几番灰心丧志，抖擞精神，月前加入一个以为是最稳阵的网站，然而，不足一月，又传裁员消息。面对他，已说不出勉励的话。

　　一位失业多时的编辑朋友，几经辛苦，找到一份只有从前一半人工的工作，为了养家，每晚拖着疲累的身躯去替人补习，一星期工作七天。

　　茶餐厅里两个侍应在聊天，其中一个说："别说我们没选择，我们可以选择在这里一天干十二小时得到五千元薪金，或者，一家人去拿综援……"

　　小商场里，一个壮年男人抱着婴孩守着店铺。之前，夫妻俩先后被裁，拿了积蓄加上借钱，开了这卖时装的小店。撑不了两个月，老婆已要出去打散工帮补。丈夫抱着孩子四围贴"执笠大清货"的纸张，希望散了货可抵租……

　　这种种，看了叫人痛。我幻想，可以有个"诗圣"杜甫，写出哀叹民生多艰的《三吏》、《三别》；也盼望有个白居易，为每一个行业受苦的人写一篇像《卖炭翁》那样的时事诗……

　　也许该看化了，就算在杜甫、白居易的时代，他们的社会诗也是被人忽视的，朝廷上大行其道的，仍是歌功颂德的，或是些艳词。

　　"朱门酒肉臭，路有冻死骨"，古往今来，莫不如此。

无 求

昨天到突破青年村交代工作的"手尾",顺道到住在沙田的朋友家中闲坐。

是沙田中心一个三百多英尺的一房一厅单位,租来的。推门进去,一个单身男人住的居所,窗明几净,没有臭袜堆积,算是整齐的了,何况我是攻其不备,在附近吃完午饭便提出上去坐坐的哩!

这位从前是一个饮食网站主事人、小股东之一的朋友,网络泡沫爆破,他被解雇,连欠薪也追不回。现在,他是自由撰稿人。

我问他:稿费够交租吗?

他答:够的,但也只够交租。

他还要动用积蓄给母亲家用,也常被杂志社拖欠稿费,不问而知,几个月下来,积蓄已所余无几了。

这是我和突破停止合约后第一个不用上班的星期日,因不用上班,睡得太沉,醒来时浑浑噩噩,突然觉得自己对社会很没贡献、很不习惯。而眼前的他,已是半年没工作,打游击,不会更消沉吗?

他说:每天找些有潜质的合作伙伴,约他们见面,谈谈计划吧!

有成果吗?我问。

　　一点点吧! 但不足以维生。

　　他说, 搞网站仍是他最大的兴趣, 泡沫虽然爆破, 却仍是有所追寻, 有所坚持。　.

　　见他, 没有岌岌为功名而奔走, 为糊口而彷徨, 却仍是在那儿静静地有所坚持, 有所等待。

　　他为我播了一首音乐, 乐声甫起, 就问我: 知道这是什么音乐吗?

　　我答:《星光伴我心》。

　　落到这种境况, 别人不堪其忧, 他嘛, 不改其乐, 一样悠闲地享受生命的动听、和谐。我不是说他像颜渊, 只是, 听人说: 人到无求品自高。有时候, 我们不是无求, 只是为了不想伤害品格, 不想让自己露出那恶形恶相的贪婪状, 才选择无求, 甘于淡薄。

　　也许一些自由工作人, 是为了不让自己变得"品低", 才训练自己学会无求吧! 这是我在今天的体会、学习。

对自己交代

日前,有一位朋友央我向报馆推荐另一位画漫画的朋友,我沉吟良久,因为我极少做介绍人,连对朋友也很少帮这种忙,何况是朋友的朋友!

正想拒绝,朋友送来那人的漫画,我看了一张又一张,爱不释手。这的确是可以刊在报章副刊上、能引起新风气的漫画。想想现在报刊上的漫画,来来去去都是那些人在画,好多一画几十年,许多一人在三四份报章上画,更有些是画得不知所谓,的的确确很需要一些新作品、新面孔了。

于是,破例将她的作品转交到两份报章副刊的主事人手上。不出所料,大家也慧眼识英雄,只是,一时未有版位刊出,要等一段时间安排调动。

我也时常关心探问,最近,知道一份报章决定找她画,但事情出了岔子,她原来工作的杂志不让她画,说她的漫画只可在那家杂志"独家"刊出。

朋友为她愤愤不平,我说:这是完全没办法的,"独家"不"独家"不是问题所在,问题是你是那家杂志的全职雇员,上司就有权不让你在外面兼差。

朋友感喟:如果有另一份报章可以找她每日画,她就足够维生,可以放弃那份全职工作了。

言下之意,在向我施加压力。

　　我想：如果对自己有信心，对自己的追求有坚持，何不先辞掉工作？同行如敢国，你还在那机构全职工作，就不大会有人找你做稳定的供稿、兼职工作。

　　我是相信天分，相信"一遇风云便化龙"的，但那之前，要有长时间的等待、忍耐，还有——坚持。

　　当然，并不是等待、忍耐的人一定有结果，一定有飞黄腾达的一天，但至少，对自己的追求付出过、争取过，对自己有所交代了。

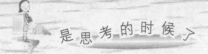

禁烟杂感

政府在食肆全面禁烟,这对我这种呼吸系统有毛病、注重健康,又不想闻那难闻烟味的人来说,是喜讯。

谁料,看到一些自称不吸烟的专栏作家,认为这政策是罔顾吸烟者的自由,这令我迷惑。

难道这些自以为公正、伸张正义的人没想过,其实是吸烟的人先侵犯了不吸烟者自由呼吸的自由? 我和朋友吃饭吃得好好的, 呼吸畅顺,却有人坐在邻桌吞云吐雾,令我连好好呼吸的自由都没有。这是很浅显的道理, 究竟是谁在剥夺谁的自由?

如果吸烟的人,是吸进去不吐出来的,他或她才有资格争取自由,否则,是他或她剥夺他人的自由在先,他或她在强迫别人吸入自己喜欢吸的,而罔顾别人不想吸的自由。

连孩童都知道,维护一个人的自由,是以他不干犯别人的自由、对别人不构成侵害为大前提,强迫别人吸入废气、强迫别人为此影响健康,这是放肆,不是自由。

为什么没有人出来捍卫汽车排出黑烟的自由呢? 其理如一嘛!

我连呼吸畅顺这卑微的自由也没有,却有人出来捍卫别人排放废气的自由,这种"正义"的伸张,真是匪夷所思。

食肆是让人坐下舒舒服服吃东西的地方, 我连坐下来好

第四章　思考人生

好吃饭、不被烟呛的自由都没有,却要尊重别人一边吃饭一边吸烟一边喷烟呛死我的自由,这又是何道理?

食肆东主都说不准客人吸烟会影响生意,但他们也许不知道,因为在店里面有人大放废气,而令几许不想吸废气却想帮衬的顾客,望而却步、过门不入!

拉拉杂杂说了一堆,愈说愈气愤、愈说愈气难平……

拜　祭

　　清明节那天，躲在家看电视、VCD。

　　不是说"清明时节雨纷纷，路上行人欲断魂"吗？纵使那天没有雨纷纷，但看看那些满山满地挤个不亦乐乎的人群，真使人"断魂"了，还是留待过几天人潮渐散才动身吧！

　　也不是没山可拜、没墓可扫，只是对行山、扫墓这活动，从不主动参与。我常想：如果逝去的亲人，真的困在那丁方的墓地、小小的骨灰塔之内，那是多么可怜可恼的事。如果他们只靠我们一年几次去拜祭时，才可以饱餐一顿，有香火可飨，那更是可怕的事。

　　如果他们不是困守墓地，而是存于天地间，那么他们不会不知道我们的思念多少，继承、发扬多少，那就不介意我们在年中的那两天有否虚应故事了。

　　一直认为，祭祀之事，对生人的意义大于死人。譬如我的姑母，她就常设身处地地担心我的祖母、父亲身后萧条、孤寂，我们不去扫墓，她会悬念不已。于是，我们去拜祭，有大半是为了使她安心。

　　譬如我和兄姊们一年难得见几次面，这一年一度或两度的扫墓，就成了我们的家庭活动，见见面，追思一下母亲的旧事，变成增益在生者情谊的事。

　　真诚的思念，是每日每天、全心全意的，不在乎一天两天，

但每年有这么一个节目，名正言顺的让我们放一天假，静静的
与亲人尽情缅怀，慎终追远，也是好事。只望不徒是吃喝喧
哗、有名无实就好了。

不 快

有时候,听到一些消息,我会有这样的反应:

听见旧时跟我有点过节的旧同事被炒掉后又恢复原职,我会不快,大叫:天无眼。

听见从前跟我差不多职级的朋友有猎头公司找她跳槽,我会不快,想:好叻咩!

听见我从前工作的公司,在我离职后赚了大钱,我会不快,想:哼,刹那的光辉不是永恒。

看见初出道的年轻作家大放光芒,我有时也会不快,想:少年得志大不幸呀!

看见从前待薄过我的上司现在飞黄腾达,我又不快,会想:积恶之家,必有余殃,看你横行到几时!

农历年前,收拾家居大扫除时,我对这些负面不健康的思想来个大检阅,一一检点,将不好的杂质一一清除。

假如这些不快的思想只是嫉妒,是憎人富贵厌人贫,而不能激发我向上,我愿意将这些思想除掉。

假如看见人进步显达,我只是坐着挑剔谩骂而不思进取,也希望将这些思想除掉。

假如听见认识的人的好消息,只会引发忌妒,而不是关心、为人的努力有所收获而高兴,也愿将这些思想除掉。

在省思的魔镜之下,嫉妒之心、狭窄的器量一一无所遁形,还要将它们过滤、升华,变成诱发向上、见贤思齐、急起直追的心,再好好保存,留待来年之用。

第五

章

思考文字

书的反思

前一阵为突破机构编过一两本书,在合作的过程中,感受殊深。

初合作时,我不自觉地将商业社会的习性带进去,怎样控制书的制作成本啦!怎样才可收支平衡啦!怎样才能达到最大的宣传效益啦……

合作下来,才发觉他们最关心的,是书的价值,这本书可以怎样使人得益。

初时,我很迷惑,一本才卖一两千册的书,要用几个人去做,开几次会,而且做的时间颇长,这样,不会赔本吗?划算吗?

商业社会惯用的手法是,尽量令成本占售价的最小部分。这本书花了一万元去制作,下一本最好是八千元,总之,盈利行先,如果计算下来是不赚钱的,这本书没有出的必要,根本,连面世、存在的价值也没有。

但跟突破合作下来,我渐渐静下来思考:出一百本赚钱的书,如果没一本是对人有益处的,那卖出再多也是徒然。书可以影响人的心灵、人的生命,书印了两千本卖不出去,但只要其中一本对读者有好的影响,引起过生命的反思,这本书也是有价值的。

我们常为一本畅销书卖几万本、一本杂志的发行量十几万而哗然,销量决定一切。但如果出版这些书,只为了它可以变成钱，但变钱的中间，是制造出蛊惑、污染人心的负面力量，这些赚到的钱，其实，真正是人心堕落的代价。

　　也许有人要笑我太迂了。我初离开出版行业时，听到界中流传说我是不懂赚钱的总编辑，那时常想申辩，但到了现在，倒觉得那是赞美。

良师、慈母

话说我兼任了某团体选登学生文章的工作。

某天，一位老师致电问我：请问，有看见某校某位同学的文章吗？

啊！记起来了，是附了一封信的文章，信是一位老师写的，请求尽量刊登孩子的文章。

生来最怕请托、走后门之事，而且文章只是一般，所以该是落选了。

这位老师在电话中很有礼貌，很有诚意的说："这间学校的孩子中、英文的水准也不太好，但委实都尽了最大努力，我希望，他们可以受到点鼓励，所以冒昧来电。"

这是一位为了鼓励学生、为了提高学生的自尊，而甘愿放下老师尊严的良师。

我又记起，曾有一份来稿夹附了一位母亲的信，信中说："小儿刚开始对中文写作有兴趣，也很努力，可以登出他的文章来鼓励他一下吗？"

我想，刊登青少年的作品，该不是赤裸裸的优胜劣败、汰弱留强，而是——鼓励、勖勉重于一切。

我们的成长中，都有师长寄予过殷殷的期望，也有过他们付出默默的支持、默默的爱；他们在暗地里为我们做过的，也许到了今天我们也不知道。

想到这位家长、这位老师，想到自己从前的良师，我开始热泪盈眶了。

作者、编辑

有一位读者发 e–mail 来问, 我又是写稿的又是编辑, 这两种工作怎样平衡? 我觉得这最容易平衡, 因为做编辑时知道做作者之苦, 就不会太苛索; 做作者时知道编辑之苦, 就尽量不会迟交稿。

其实, 我觉得做编辑难处可多了。做编辑的, 最忌让供稿者知道自己的死线, 说好叫他上午交稿, 别让他知道你在晚上七时前收到稿, 还可勉强赶及, 否则, 他一定会晚上七时, 甚至八时, 才施施然交稿。

有些作者在被追稿时, 会说: 我屋企爆水喉啊! 我病啊! 我要开紧急会议啊! 听过最经典的藉口是: 外面行雷闪电啊!

说得可怜兮兮的, 有同情心的编辑一听, 马上感觉由受害者变成迫害者, 惭愧得连声说: 那你慢慢来吧!

作为追稿人, 更可怕的, 是让供稿者知道你的"下葬线"。原来除了"死线"以外, 还有"下葬线"吗? 那是在最迫不得已的情况下, 作者迟交了稿, 编辑被迫要请打字、排版、美术的同事OT, 要抽起其他稿, 或紧急抽调人手去先做这一份稿, 才勉强赶得及出街。

这种情况, 因为一个人交稿迟了, 可能令三个部门的同事, 一个买了票看电影不能去看, 一个不能回家陪老婆仔女吃饭, 一个错失了和梦中情人约会的机会……

第五章　思考文字

　　所以，我常告诉爱迟交稿的朋友：你有私人生活，编辑也有的，他们也要下班的……

故　事

前阵子在这里说过想写一本有关弥敦道的书,上星期末,这本书终于写成了,它名叫《弥敦道两岸》,是写六十年代在旺角弥敦道两边的琼华酒楼和旺角酒店的女工的故事。

书写完,电邮去给一个网站的朋友看,他说不忍放下一口气看完了,很感动。这本书还未找到人出版,不知下场会如何,但只要有一个人看了会感动,也是好的。

我喜欢写故事,每次开始构思一个故事,就如在身体里放了一条虫,它每天在吸收我的养分,每天乘车、吃饭、行路时,也在想起它,也在构思。然后,每天工作时、和朋友聚会时,也心不在焉,想着要早点回家,把故事写完。

故事未完成时,每天也像被这条虫咬啮着,坐立难安,直至苦心孤诣、不眠不休地将故事写完,就如耗尽身体的养分,把虫养得肥肥大大了,我便油尽灯枯,它就长大成虫,对我不顾而去。

油尽灯枯了的我,就又在等待另一个故事,等待另一个构思,来重燃这盏灯,然后,写作的热诚,又成为这灯源源不绝的油,如此地,又循环一遍,仿似又一次轮回。

有时,我会重遇这一条条肥大的虫,我会希望它们爬到出版家的地方,它会被收养,终有一天化成蝴蝶。

当然,困死在茧里的虫也多着啦!

第五章　思考文字

抒情文

　　前阵子要出版一本书，出版社那边的工作人员，写了一段推介文字，说我写的多是抒情文，写情写得怎样……怎样……

　　看他这段推介文字时，我才猛然思考——自己写的真的大多数是抒情文啊！

　　于是翻查起中学课本，重新了解抒情文的形式、写法，然后综合：议论文章要发人所未发、思人所未思；抒情文，却要抒人所共有之情，引发共同的触动，纵或是一己私情，也要写得有感染力、震撼力，把毫无关连的人也牵扯进这感情漩涡，才是高手。

　　自此，常常警惕自己：是不是每天抒的，也是单一无味的情？是不是一味抒自己的情，不理会旁人感受？是不是我有我写，而不理能否触动别人、能否牵引读者的心弦震动……常常思考、自警，如临深渊、如履薄冰。

　　后来的某天，我发现我喜欢看的报章专栏版面的文字，即使不是纯粹抒情，也有很大的成份是说情的——如李维榕教授笔下的家庭；曾繁光医生笔下的父母、兄弟、夫妇、朋友；江琼珠说她的年老双亲，罗乃萱说的女儿成长、人与人相处之道……也无不是情，连袁易天讲农作物、大自然，没有爱和情，又怎能动人？

　　有时会想，这些版面，是否太多情了？然而，翻开报纸，我不会想——会否太多"港闻"了?太多凶杀了?会否太多股票、财经了?会否太多马经了?会否太多广告了?

翻呀翻的,其实,写情,占每份报章的远不及十分之一吧!

而情在我们生活中的位置,真的会少于十分之一吗?我们不是说努力赚钱,只是为了家人吗?营营役役,只是为了使所爱的人幸福吗?

如果是真的,那么我们经营感情的努力,提升、培养感情的学习,所花的时间、笔触与篇幅,都还是太少了,少得不成比例……

出版奇谈

　　昨天跟次文化堂的彭志铭先生午膳，戏谈他们最近出版的《IT楷》，他解释一轮后，给我说了有关《老懵董》的故事。

　　人人都以为《老懵董》系列是他们处心积虑构思出版的，其实此书由"扑槌"到出版，不过是两星期之内的事。

　　话说在去年书展前两星期，他的朋友"傅姿灿"打电话来，说有本笑话书想在书展一星期后的漫画节推出，彭先生一听是笑话，就说：笑话，我们刚出了两本，现在再出，太多了吧！但听"傅姿灿"道出老懵董的概念时，他也认为事有可为，于是叫他给两天时间自己考虑。

　　其实他是利用这两天，去找画插画的人和接洽印刷厂，如果情况许可，就赶在书展期间推出，刚巧一个一向"神龙见首不见尾"的插画师竟自动投案，他就关起大闸来不让他走，要他好好画老懵董的插图。于是他又问印刷厂可否在两天内印刷成书，印刷厂回覆说最多可先用人手钉装几本给他"应急"，至少可在书展头一天敲响头炮。

　　接洽完毕，他就致电"傅姿灿"，叫他两天内完稿（其实当时他还未开始写），于是出版社成了工厂生产线，那边作者一边传稿来，就急急拿去打字、校对、排版，其后又找来尊子，在两小时内完成了封面。

一本成为去年出版界奇迹的书，就此诞生。难怪多年来被认为出版物不赚钱的他说："钱要来时，就会塞到你的口袋里。"

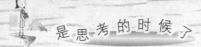

如何才能畅销？

跟台湾出版界的朋友谈出版，询问她在台湾出书畅销之道。

她说：台湾的畅销书作家，不外乎几种。

其一，是活跃于各种媒体——电视、电台、曝光率、知名度都很高的，如光禹、吴淡如，他们本身已有很多支持者，所以书较容易卖得好。

其二，是经常到各处巡回作讲座的，如励志书名家戴晨志，一年就有百多场演讲，如此，讲座和书相辅相承，互相裨益。从前，林清玄也是经常到处去演讲的。

另外，就如张曼娟，任教于东吴大学，贵为教授，有崇高地位，当然，文字也实在好。

我听了，想：那不是跟香港一样嘛？到处杨梅一样花，看来，想把自己藏起来写点好东西供诸同好，是困难的。

我想起了一个人，问她：那刘墉呢？

她续说：刘墉写作许多年，有很好的根底，也有很多拥趸，他是完全以实力取胜。

呀！原来以实力取胜也尚有出路，有些微曙光，要努力加把劲，写它十年八年，积存点实力，但恐怕到时，时代又变了。

交谈将完毕时，她说：近来也有些在网络上写作写出头来的,但个中奥妙,我还不大清楚。

　　只是,她慨叹:网络上用的多是时下年轻人的文字,写年轻人的思想,我们这些,是老古董,追不上去了!

情欲、文学

跟几个出版界的朋友叙旧,牵扯拉杂,女孩子突然指着身旁的男孩说:"他呀!差点有机会成为作家了,他却推却了。"

我以大大不解的眼神看住他,他忸怩好一会才答:

"那间出版社,是专出版那些封面有一大个女孩'公仔头'的爱情小说的,写一本出价五千,但作者不可以用真名,要用一个很女性化的笔名,而且,同一个笔名,可能是许多个'杂牌军'写手共用的……。"

我的反应是:虽然不可以用自己的名字发表,但当是练习写作,每本又有五千元稿费,也不太差啊!

他续说:"但是,他们要求小说里面,必定要有点'盐花',有一定程度的'情欲'描写……这我就不想写了……"

这才明白他忸怩的原因。作为一个作者,如果自己认为故事发展会牵涉到情欲描写,那么再大胆一点也是可以的,但如果那是成书的先决条件,甚至决定采用与否的关键,那不免会令文人丧气了。

当下想起从前听过这些出版社中人的夸夸其谈:"某些名女作家的书也不及我们这些用假名的女作家写的卖钱哩!我们有窍门嘛!"

怪不得某次友人交给他们一本小说,他总是闪烁其词地说:"这谈得上是爱情小说吗?这中间……还欠点什么嘛……"

现在才明白，他所说欠缺的什么，正是情欲描写。

男孩还有点愤愤不平："现在，他们都不在香港找作者了，他们去内地找人写，价钱更平，而且书也在内地印……"

记得那时专出版这些爱情小说的"过来人"对我说："出版这些书，比许多什么严肃文学赚钱……出几本这些书，已赚回那些严肃文学家们给我蚀的了。"

那时在赚蚀压力之下，我为出版社作出不出版这些书的决定，原因正在这里——如果我出版这些书而受读者欢迎、而赚钱，我觉得对不起读者，对不起出版界，对不起严肃、认真的创作者……

夕阳行业

从前访问过一位写信先生，后来因为我的新书里有访问他名为"写信佬与大老倌"的文章，我就拿着书去送他，想不到他看后告诉我："唉，一看见'写信佬'这三个字就伤心，你不可以用'文书先生'吗？'写信佬'三个字，对我们来说，是看扁呀！"

我听了，问心无愧，因为，没有其他称呼比这三个字更贴切了。譬如我们都不叫"锁匠"，喜欢叫"开锁佬"，我认为这不是贬低，是亲切，这些都是生活在我们身边的人，是最草根也是最真切的称呼。

譬如，你说我不是作家，是"写稿佬"也无所谓呀（虽然我不是"佬"）！我也觉得很亲切呀！

话说回来，他不喜欢"写信佬"这三个字，也许是源于某些人对他们的不尊重，和他自己的少许自卑感吧（他常说写信是"马死落地行"的工作）！

我坐在他位于油麻地玉器市场内的小摊档跟他聊天，因为刚下了一阵雨，天桥上滴下来雨水，差点滴到信纸上面。

我有点不平："玉器档都是有上盖的，为什么政府当局不多盖一点，也遮盖这十几档写信档口？"

玉器市场的上盖，刚盖到写信档前就止住了，写信档口的人要自己用帆布挡雨，但写信档就在天桥底下，下大雨时车子

第五章 思考文字

驶过,就会溅下来一大桶水,令档口里的人狼狈不堪。

文书先生说:"玉器档有几百人,人多势众嘛!我们只有十个八个,就自己搞掂啰!再下起大雨来,就收档去喝茶啰!"

说得轻松,背后却是辛酸。

对于这全香港硕果仅存的十几个写信档,这些在从前曾为我们目不识丁的父母、祖父母写过家书,为连系我们和远处亲人作出过贡献的人,这种该受保护的夕阳行业,我们的政府为何恁地吝啬?也许,钱都留作放烟花和设计飞龙了吧!

文字失格

不知道读者们有没有发觉，我们常用的文字，有了降格、迷失身份、失去意义的现象。

譬如前人说永恒、地老天荒、天长地久，在以反应快、流通速、资讯第一的年代，这些词语，几乎已弃而不用，更何况坚贞、专一、一生一世等词句。

又如从前很尊贵的王、后等词，已经广泛被滥用，谁人都说是天王、天后。尊贵的王字，不止投入寻常百姓家，且进驻了大街小巷，于是，什么也称王，地图王、笑话王、蛋挞王、虾蛟王……什么也王一番。乐观一点说，这是打破一切上下尊卑观念；悲观一点说，我们都不知道再拿什么词汇去代表尊贵、高尚了。

又如名人一词，从前仿若高不可攀，但现在报纸、杂志专访泛滥，几乎每一个人都可以"担定凳仔"等人找你做名人专访，今日在报纸上我看见你，明天你在杂志上看见我，怎样才称得上是名人，已经没有人考虑了，总之在传媒上亮过相的，就是名人。

另外，才子才女呀，甚至靓仔靓女等词汇，也滥用到令人连价值观、审美观也颠倒。无论大街上、街市里、茶餐厅里，大家都以靓仔、靓女互相称呼，得到这称呼的人绝不尴尬，反正这与审美，甚至赞美都已经无关，是先生、小姐一类供识别性别的称呼而已。

我们还可以用什么词语来形容长久、尊贵、美丽呢?这些词语的滥用,也真正反映了我们价值观的紊乱,或者,根本无人会想思考什么是价值、什么是标准,甚至善恶,美丑等观念了。

图书在版编目(CIP)数据

是思考的时候了/周淑屏著 . —上海:上海古籍出版
社,2002.6
("成长之路")
ISBN 7－5325－3164－3

I. 是… II. 周… III. 人生哲学－通俗读物
IV. B821－49

中国版本图书馆 CIP 数据核字(2002)第 034044 号

本书由香港经要文化出版有限公司授权出版

成长之路

是思考的时候了

周淑屏　著

上海古籍出版社出版、发行

(上海瑞金二路 272 号　邮政编码 200020)

(1)网址:www.guji.com.cn

(2)E－mail: gujil@guji.com.cn

新华书店上海发行所发行经销　上海华成印刷装帧有限公司印刷

开本 850×1156　1/32　印张 4.5　插页 2　字数 73,500

2002 年 6 月第 1 版　2002 年 6 月第 1 次印刷

印数:1—5,100

ISBN 7－5325－3164－3

G·249　定价 12.00 元

如有质量问题,请与承印公司联系　T:62662100